SHIRLEY
JACKSON

企鹅·轻经典
EASY CLASSICS

她只说“是的”

[美] 雪莉·杰克逊 著
李文婕 译

中信出版集团 | 北京

目录

CONTENTS

恶之花

THE POSSIBILITY OF EVIL

阿德拉·斯特兰奇沃思小姐要去杂货店，她优雅地走在小镇的主街上。外面阳光正好，昨夜刚下过大雨，空气清冽纯净，小镇上的一切都干净如洗、焕然一新。斯特兰奇沃思小姐深吸一口气，在心里赞叹着这无与伦比的芬芳夏日。

她认识小镇上的每个人——那是自然的。当途经小镇的游客每每为美丽的玫瑰驻足称赞时，她总热衷于告诉这些陌生人，在自己漫长的人生中，她从未曾离开小镇超过一天。斯特兰奇沃思小姐嘴边露出了一个美丽的小酒窝，她对游客们说自己已经 71 岁了，有时候她甚至觉得小镇就是属于自己的。“欢愉街上的第一栋房子是我祖父建的。”她碧蓝色的眼睛睁得大大的，露出向往的神情。她接着说:“我们家族在这房子里，就是这边的一栋，已经生活了 100 多年。我祖母亲手种下这些玫瑰，我母亲曾为它们浇水培土，现在轮到我来照料它们。我眼看着我的小镇发展起来。直到今天，我仍然记得老刘易斯先生的杂货店开张时的情景，也记得那年洪水淹没了低地上的棚屋，镇上一群年轻人还曾合计着把公园迁到如今邮局前的空地上，当时他们的兴奋劲也让我记忆犹新。他们想在那儿立一个伊桑·艾伦的雕像。”说到这儿，斯特兰奇沃思小姐轻轻地皱了皱眉，语气也变得有些生硬：“该立我祖父的雕像才是。如果没有我的祖父和他的伐木场，就不会有这个小镇。”

即便常有游客提出请求，斯特兰奇沃思小姐也从不将玫瑰送人。那些玫瑰是属于欢愉街的。一想到游客要将它们带走，斯特兰奇沃思小姐就很不快。新牧师上任的时候，镇上的女士们曾募集鲜花来装饰教堂，斯特兰奇沃思小姐也只送去了一大篮剑兰。若她剪摘玫瑰，也只是插在自家的花瓶或花钵里，用以装饰自家的房间——她祖父建造的那个家。

在这个夏日的清晨，斯特兰奇沃思小姐走在小镇主街上。她不得不常常停下来和这人说句早上好，问问那人的健康。当她走进杂货店时，好几个人从货架、柜台转过身来跟她寒暄或向她挥手致意。

“早上好，刘易斯先生。”斯特兰奇沃思小姐终于来到柜台前并向刘易斯先生道了早安。在这个小镇上，刘易斯家族与斯特兰奇沃思家族的历史同样悠久。而自从小刘易斯离开高中回到自家杂货店干活儿之后，斯特兰奇沃思小姐就对他改了称呼——由汤米改为刘易斯先生。他也不再叫她的昵称——阿迪，而改称她为斯特兰奇沃思小姐。这两位昔日同窗曾一起上学，一起参加野餐会，一起参加校园舞会和篮球比赛，然而现在刘易斯先生站在了柜台后面，斯特兰奇沃思小姐孑然独居在欢愉街上的祖屋里。

“早上好，”刘易斯先生回答道，然后又接着说，“天气真不错。”

“天气确实很不错。”斯特兰奇沃思小姐字斟句酌地说。她接着说道：“刘易斯先生，请给我来一块肋排，一小块纯瘦的小牛肋排。那些草莓是阿瑟·帕克园子里产的吗？今年草莓上市得挺早。”

“草莓是他今早刚送来的。”刘易斯先生回答道。

“给我来一盒吧。”斯特兰奇沃思小姐说。她暗自思忖，刘易斯先生似乎对草莓有些不放心，她不禁有些犹豫要不要买，但最终斯特兰奇沃思小姐还是觉得刘易斯先生应该不是对自己的草莓没信心。她在心里嘀咕，他今天看起来的确很疲倦，不像平时那样喋喋不休。但是，她不想跟刘易斯先生谈论这么私人的话题，所以最后她只是对他说：“再要一罐猫粮，还有一个西红柿。”

刘易斯先生在柜台上默默地为斯特兰奇沃思小姐包好她需要的货品，然后等着她付款。斯特兰奇沃思小姐用探询的目光看着他，然后说：“刘易斯先生，今天是星期二，你忘了提醒我。”

“是吗？对不起。”

“你竟然忘了我每周二都要买茶叶，”斯特兰奇沃思小姐轻柔地说，“请帮我称 2.5 磅茶叶，刘易斯先生。”

“您还需要别的东西吗，斯特兰奇沃思小姐？”

“不需要了，谢谢您，刘易斯先生。今天天气不错，是不是？”

“的确不错。”刘易斯先生回答道。

斯特兰奇沃思小姐微微侧身，给哈珀太太让出柜台前的空间。“早上好，阿德拉。”哈珀太太向她问好。斯特兰奇沃思小姐回应道:“早上好，玛莎。”

“天气不错。”哈珀太太说道。“是的，不错。”斯特兰奇沃思小姐答道。刘易斯先生在哈珀太太的注视下也跟着点点头。

哈珀太太接着说道:“我要做蛋糕上的糖霜，可家里没有砂糖了。”她的手微微颤抖着，打开了钱包。斯特兰奇沃思小姐看了她一眼，不禁揣度哈珀太太有没有好好照顾自己。斯特兰奇沃思小姐心想毕竟哈珀太太已经不年轻了。也许哈珀太太该吃一点滋补药了。

她对哈珀太太说:“玛莎，你看起来状态不好。”

“我没事。”哈珀太太简短地回答道。她把钱递给刘易斯先生，拿回找零，不发一言走出了杂货店。斯特兰奇沃思小姐看着她离开的背影，轻轻地摇了摇头，玛莎的确看起来状态不好。

挎着购物袋，斯特兰奇沃思小姐出了杂货店，走进夏日艳阳之中。她停下来对着克兰家的宝宝微笑。看着蕾丝边装饰的婴儿车和精致的绣花帽，她心怀宠溺地想到，唐和海伦真是她见过的最疼孩子的一对年轻父母。

她对海伦·克兰说:“这个小姑娘真是在锦衣玉食中长大的，将来也得追求奢华生活。”

海伦笑着说:“我们就是希望她这样，感觉自己是公主。”

“有时公主也会有许多烦恼。”斯特兰奇沃思小姐语气冷冷地说道，“公主殿下现在多大啦?”

“下周二就满六个月啦，”海伦一边回答，一边以痴迷而好奇的目光看向她的孩子，“不过我也有些担心。您觉不觉得她应该更好动一点才对？比如，应该自己试着坐起来？”

“你们这些新妈妈想象力真丰富，净瞎操心。”斯特兰奇沃思小姐有些忍俊不禁。

“但她看起来有些——迟缓。”海伦·克兰说。

“瞎说。所有孩子都是不同的，只是有些孩子比其他孩子发育的快而已。”

“我妈妈也这么说。”海伦·克兰有些不好意思地笑了。

“我猜你也没少让咱们的新爸爸唐担心，他的宝贝女儿都六个月了，还不能开始学跳舞？”

“我倒没跟他提过这事。可能她对我来说太珍贵了，所以我一直忍不住担心。”

“好吧，赶紧跟你的宝宝道歉。”斯特兰奇沃思小姐说，“她说不定还因为你一直跳来跳去而感到担心呢。”斯特兰奇沃思小姐微笑着摇了摇满是白发的头，继续沿着洒满阳光的街道向前走。不一会儿，她又停下来与比利·穆尔打招呼，问他为什么没有开他爸爸那辆闪闪发亮的新车；之后又在图书馆门前与图书馆员钱德勒小姐攀谈了几句，说起需要在图书馆订购的几本新小说并支付了借阅年费。钱德勒小姐看起来似乎有些心不在焉，心里想着别的事。斯特兰奇沃思小姐还注意到钱德勒小姐今早似乎没有好好梳头。她不禁叹了口气，斯特兰奇沃思小姐不喜欢邋遢。

斯特兰奇沃思小姐心里想：“最近很多人好像都心事重重。”昨天她还看见斯图尔特家的女儿——15 岁的琳达，哭着从家里跑出来，一直哭到学校，丝毫不在意旁人的眼光。镇上的人都说琳达是因为同哈里斯家的男孩吵了架而伤心。但又有人看到他们俩放学后照常一起去汽水店，只是两人看起来都有些冷冷的。于是大家得出结论，她一定是跟家里人闹了别扭，然后纷纷开始感慨如今养孩子的种种不易。

离家还有半个街区，斯特兰奇沃思小姐就已经闻到了自家玫瑰浓郁的馨香。她稍稍加快了脚步。对于她来说，玫瑰的芬芳就是家的味道，而她的家就是欢愉街上的那座房子。斯特兰奇沃思小姐走到前门，愉悦地看着自家的房子。红色、粉色与白色的玫瑰，簇拥在草坪甬道的两旁，缠绕在门廊的立柱上。整栋房子构造简洁，线条流畅，墙壁像刚洗过那样白净。每一扇窗户都在阳光下闪闪发光，每一幅窗帘都平整熨帖，甚至连房前过道上的石子儿都显得那么干净。镇上的人都在猜测年迈的斯特兰奇沃思小姐能把房子的好状态维持多久。曾有传言说，有游客错把斯特兰奇沃思小姐的房子当作镇上的博物馆，甚至在里外参观一番之后都没有发现自己搞错了。整个镇子都以斯特兰奇沃思小姐本人、她的玫瑰以及她的房子为荣，小镇是与他们一起成长发展的。斯特兰奇沃思小姐走上门前的台阶，用钥匙打开门，然后走进厨房放好了采买的物品。她本打算用点茶和点心，但又因为快到午餐时间而改变了主意。如果现在吃茶点，那么一会儿她就没有胃口享用小牛排了。于是，她走进明亮舒适的起居室。这里仍有她母亲跟祖母的痕迹：是她们为座椅搭配了明丽的印花布，也是她们挂起了窗帘。所有家具都棱角分明、熠熠生辉，地板上铺的钩花小圆毯则是斯特兰奇沃思小姐的祖母和母亲的杰作。斯特兰奇沃思小姐把一小钵红玫瑰花放在了窗边的矮桌上，顿时整个房间都充满了花的馨香。

接着，斯特兰奇沃思小姐走到位于墙角的条几旁，用钥匙打开了抽屉的锁。她常常会临时起意，想要写信，所以她总是在条几的抽屉里备着一沓便笺纸，而抽屉总是随时上锁。斯特兰奇沃思小姐日常用的书桌是一张很沉的、奶油色的桌子，上面刻有“斯特兰奇沃思家族”的字样。但是，当她想要写一些“其他的信”时，她总是用一沓在报亭买来的多色便笺纸。这是整个小镇约定俗成的默契：大家要写购物单、便条和其他杂七杂八的东西时，都用这种一沓粉、一沓绿、一沓蓝、一沓黄，各种颜色的纸按顺序合钉在一起的便笺簿。当你收到一张写在蓝色便笺上的便条时，那就说明写信人的便笺簿快用完了——斯特兰奇沃思小姐的这一本就已经用到了蓝色的部分。而跟便笺簿搭配的信封则被大家用来存放收据或者收纳零碎的小东西，甚至还被用来装孩子午餐便当中的饼干。刘易斯先生有时候用它们给孩子装小糖果带回家。

斯特兰奇沃思小姐的抽屉里有一支她祖父用过的修剪好的鹅毛笔，还有一支曾属于她父亲的镀金水笔，她却总是用一支已经磨钝的铅笔头来写信，字体像是小孩子写下的印刷体。稍做思考之后——尽管她在回家的路上已经打好了腹稿——她取出一张粉红色的便笺，写道：“你以前没见过蠢笨的孩子吗？有些人就不该有孩子，对吗？”

她对这封信很满意。她总是愿意把事情做到完美。如果写错了字——她有时的确会写错，又或者字母间距留得不好看，她都会把那一页废弃并立刻拿去厨房炉灶上烧掉。斯特兰奇沃思小姐总是一刻也不肯耽误要做的事。

稍做沉吟之后，她决定再写一封信给哈珀太太，作为她曾寄出多封信件的后续。这次她选了一张绿色的便笺纸，快速写下："你知道周四你离开桥牌俱乐部之后他们都在笑什么吗？还是妻子永远是最后一个知道的人？"

斯特兰奇沃思小姐从不关心事实，她的信里总有一些模棱两可的话。若不是收到斯特兰奇沃思小姐的信，刘易斯先生怎么也想不到他的孙子可能会从店里的收银机里偷零钱。若非斯特兰奇沃思小姐来信的提醒，图书馆员钱德勒小姐和琳达·斯图尔特的父母就会无忧无虑地生活，永不会想到邪恶的事情会发生在他们身上。若说琳达·斯图尔特与哈里斯家的男孩之间真有什么，斯特兰奇沃思小姐自己也不会相信。但是，只要有一点可疑的苗头，斯特兰奇沃思小姐就认为自己有责任让小镇的人对其保持警惕。对钱德勒小姐来说，让她猜疑谢利先生第一任太太的真正死因比她完全一无所知要好。毕竟这世上有太多邪恶的人，而小镇里仅有一位斯特兰奇沃思家族的后人。再说，斯特兰奇沃思小姐喜欢写这些信。

略想了一会儿之后，她拿了一个与粉色信纸配套的粉色信封，写上了唐·克兰的名字，她很好奇克兰会不会将这封信拿给他太太看。接着，她又拿过一个绿色信封，写上了哈珀太太的名字。这时，她又有了一个想法，于是选了一张蓝色便笺纸，写道："你永远都看不透医生。记住，他们也只不过是平常人，也和我们一样需要钱。设想一下：如果手术刀不小心划偏了，伯恩斯医生是不是照样能从你侄子那儿拿到手术费？说不定还会拿得多一点儿。"

然后，她在一个蓝色信封上写下了福斯特老太太的名字，她下个月要做一个手术。斯特兰奇沃思小姐本想再写一封信给校董会的一个成员，问问比利·穆尔的爸爸，一个化学老师，如何买得起一辆全新的敞篷跑车。但她突然感到了倦怠。她觉得一天三封信已经足够了，明天她可以再多写几封，用不着把所有事情一下子都做完。

过去的一年里她一直坚持写信——有时候一周里每天都写两三封，有时候一个月也写不了一封。她从未收到过回信——那是当然的，因为她从不落款。如果有人问起原因，她会说，自己的名字，阿德拉·斯特兰奇沃思，小镇上的一个多年来备受尊重的名字，不可以出现在这些毫无价值的是非上。她居住的这个小镇必须保持安静祥和，但哪里都会有贪婪、邪恶、堕落的人。需要有人监督他们。世界如此之大，但仅剩一个斯特兰奇沃思家族的成员。斯特兰奇沃思小姐叹了口气，锁上抽屉，将写好的信放进了她那个黑色大皮夹。她会在傍晚散步时寄出这些信。

她到厨房精心烤好了小牛排，又把一个西红柿切成片装盘，然后泡了一杯茶。她把食物放到餐厅的桌子上，坐下来享用午餐。餐厅可容纳 22 人，如果有需要，大厅里还有一张桌子可供使用。此刻，沐浴着从餐厅长窗照射进来的阳光，看着窗外簇拥的玫瑰，手里拿着沉甸甸的旧银餐具，使用的是透光的精致瓷盘，她感到很愉悦；她很满足，懒得再做任何事。她想，人应该活得优雅，然后拿起茶杯轻抿一口。饭后，她洗干净碗碟，把它们擦干后一一放回餐具架上，把银制刀叉也放回桃花心木的银器柜里。然后，斯特兰奇沃思小姐踏上造型优雅的楼梯，去了她的卧室。这间卧室临街，俯瞰着楼下花园里的玫瑰花。这里也曾是她母亲和祖母的卧室。她们用过的全套皇冠德贝牌梳妆用具，她们的皮草大衣、扇子、银背发梳以及玫瑰花钵都曾经放在这间卧室里。现在，斯特兰奇沃思小姐也放了一钵白玫瑰在床头柜上。

她拉上遮光帘，拉开玫瑰粉色的床罩，脱下裙子和拖鞋，然后有些疲倦地躺了下来。她知道不会有门铃声或者电话铃声来打扰她；小镇上没有人敢在斯特兰奇沃思小姐午休的时间来打扰她。于是，她在浓厚玫瑰花香的熏蕴中沉沉睡去。

午憩后，她去花园里侍弄了一会儿花草。天气太热，她干了一会儿就停了手，进屋去吃晚餐。晚餐是从自家花园里摘的芦笋配上甜奶油沙司以及一个水波蛋。她一边吃晚餐，一边用自己的小收音机收听电台的夜间新闻以及古典音乐。洗完碗碟、收拾好厨房之后，她拿起了帽子——斯特兰奇沃思小姐的帽子在镇上很有名，人们认为她的帽子都继承自她的母亲和祖母。然后她锁上前门，夹着皮夹，开始了餐后散步。在路上她向琳达·斯图尔特的父亲点头致意。他正在这个凉爽的傍晚清洗车辆。她感觉他看起来有些心事重重。

镇上只有新邮局这一个地方可以寄出她的信。邮局的红砖墙与银字招牌在薄暮里十分醒目。虽然斯特兰奇沃思小姐从未仔细斟酌过，但她觉得应该隐秘地寄出她的信件，因为她总感觉让别人看到她寄信不太妥当。所以，她总是掐着时间，确保她到达邮局的时候天已经擦黑，房子和行人都开始融入暮色之中，变得模糊难辨，尽管人人都非常熟悉斯特兰奇沃思小姐那优雅的步调以及走起来窸窣作响的裙摆。

邮局前总聚着一群年轻人。最小的那个正在门前的车道上练习轮滑。这条车道绕邮局一周，是镇上唯一一条平道。年纪大一点儿的几个已经开始聚成小圈子，他们正在闲聊，不时发出笑声，并且兴奋地商量着一会儿要去街对面的汽水店。斯特兰奇沃思小姐向来对这些孩子不大注意。她也没感觉到他们中有谁一直盯着她看或者想要取笑她。她想不到他们当中谁的父母会允许自己的孩子取笑欢愉街上的斯特兰奇沃思小姐。当斯特兰奇沃思小姐经过时，大多数孩子会恭敬地默默退后一步，为她让路，大一点儿的孩子还会郑重地问候她："您好，斯特兰奇沃思小姐。"

斯特兰奇沃思小姐向他们微微笑了笑，然后快速走过他们身边。她早就记不太清镇上每个孩子的名字了。寄信口设在邮局大门口。孩子们看到斯特兰奇沃思小姐就走开了。他们觉得有些奇怪：居然有人在邮局晚上关门后，几乎已经被孩子们占领的时间还来办事。斯特兰奇沃思小姐站在门前，打开她的黑色皮夹，拿出信件。这时她听到了一个声音，她立刻认出是琳达·斯图尔特。可怜的小琳达又在哭，斯特兰奇沃思小姐仔细地听着。这毕竟是她的小镇，这些人也是她的人，如果有谁遇到了麻烦，她必须知道。

只听琳达说道："我不能告诉你，戴夫。"——这么说她是在跟哈里斯家的男孩说话，正如斯特兰奇沃思小姐所料。——"我就是不能说，都是很下作的话。"

"但是你爸爸为什么不让我再去找你了？我做错了什么？"

“我不能告诉你。我真的说不出口。只有最肮脏下流的脑子才会想得出那样的话。”

“肯定是出了什么事。你一直哭个不停，你爸爸又十分烦躁。我为什么不能知道发生了什么事？我一直就像你们家的一员，不是吗？”

“现在不是了，戴夫，不是了。我爸爸说不准你再靠近我们家一步。他说你再来他就用马鞭抽你。我只能告诉你这些。你不能再来我们家了。”

“可我什么都没干啊！”

“那也不行，我爸爸说了……”

斯特兰奇沃思小姐叹了口气，转过身去。她想，人心中真是有太多邪恶。即便是在如此可爱的一个小镇里，人们心中也存有太多邪恶。

她把信件投入寄信口，其中两封滑了进去。然而，第三封信挂在了寄信口边缘，掉了出来，落在斯特兰奇沃思小姐脚边。她并没有注意到，因为她正在想是不是应该给哈里斯家的爸爸写一封信，帮助他清除这些坏的萌芽。斯特兰奇沃思小姐心事重重地转身离开，她想回到可爱的家里，躺倒在她安静的床上。她没听见哈里斯家的男孩在身后叫她，提醒她掉了东西。

“老斯特兰奇沃思小姐的耳朵越来越不好了。”男孩儿嘟囔着，手里捏着一封他捡起来的信。

“管她呢，”琳达说，“现在还有谁管这个？”

“这信是给唐·克兰的，”哈里斯家的男孩说，“她掉的这封信是寄给唐·克兰的。也许该给他送去。我们反正要经过他家。”他笑着说：“也许里面有张支票或者什么的，他应该更希望今晚就拿到，而不是等到明天。”

“你什么时候见过老淑女斯特兰奇沃思给别人寄支票？”琳达说，“给它扔进寄信口吧。干吗管别人的闲事？”她抽噎着说，“都没有人对我们好，我们干吗对别人这么好？”

“我还是给送去算了，”哈里斯家的男孩说，“也许是什么好消息。也许他们今晚也需要一点儿高兴的事，就像我们一样。”

于是，他们忧郁地手牵着手走进了街道深处的暗影里，哈里斯家的男孩手中拿着那个粉色的信封。

第二天早晨，斯特兰奇沃思小姐愉悦地醒来，一时竟想不起为了什么而开心，然后她记起了今早就会有三个人收到她的信。也许一开始会很难受，但驱除邪恶向来就不是容易的事，纯洁的心必然要经过冲刷洗礼。她洗净她那柔软却松弛的脸，刷了牙，七十一岁的她牙齿依然坚固。然后她精心打扮了自己，穿上她那漂亮、柔软的衣裙，最后扣好了鞋子。下楼之后，她正想着在这阳光明媚的早晨也许应该来一点儿华夫饼当早餐，就发现了门厅地上塞进来的邮件。她弯腰拾起邮件，里面有一张账单、一份晨报，还有一个看起来很眼熟的绿色信封。斯特兰奇沃思小姐定定地站了足有一分钟，低头看着手中那个有着铅笔字迹的绿色信封，心想：“怎么看起来有些像我寄出的信？是被退回来了吗？不可能，没人知道退信地址。那这封信又是怎么到了我这儿的呢？”

斯特兰奇沃思小姐可是欢愉街上斯特兰奇沃思家的人。拆开信的时候，她的手一点儿都没有抖。可当她读信的时候，她开始因为这个世界的恶意而无声地掉泪。信上写着：“看看你花园里的玫瑰成了什么样儿吧。”

回家吧，路易莎

LOUISA, PLEASE COME HOME

“路易莎。”我母亲的声音从收音机中传出，吓了我一跳。“路易莎，”她说，“回家吧。我们已经三年没看到你了；路易莎，我保证什么事都没有。我们都很想你。我们盼着你回来。路易莎，快回家吧。”

每年，在我离家出走的纪念日都会听到这番话。而每次听到我都感到害怕。因为在纪念日之外的时间里，我会渐渐忘了我母亲的声音——那种柔和而陌生的、带着祈求意味的腔调。我每年都会听到。我看到过报纸上的相关报道，题目为“路易莎·特瑟失踪一周年”，或者两周年、三周年。我总是等待着 6 月 20 日的到来，就好像那天是我的生日一样。起初我会收集相关报道的剪报，但总是背着人。因为如果让人看到我剪下印有自己照片的头条新闻，一定会觉得奇怪。我藏在钱德勒市，这儿离我家很近。所以这里的报纸也在大肆报道关于我的事。当然，当初我之所以选择钱德勒作为藏身之地，也是因为这个城市足够大，容易躲起来。

我离家出走并不是一时冲动。我一直都知道，早晚有一天我会逃走，而且我提前就制订了各种计划，以便随时施行。我必须做到万无一失，一次成功，因为他们不会给我第二次机会。而一旦失败，我就会被人看作傻子，而我姐姐卡萝尔会永远拿这事嘲讽我。我承认我是故意在卡萝尔婚礼前一天离开的。在那之后很长时间，我都会一遍遍想象，当她发现我已经离开，她少了一名伴娘时会是什么脸色。但报纸上说婚礼如期举行，卡萝尔对一个记者说，她的妹妹路易莎也会希望婚礼如常举行。她说："她绝不是有意破坏我的婚礼。"但是，她很清楚我就是有意的。我敢肯定，当他们知道我失踪后，卡萝尔首先会去清点贺礼，好知道我拿走了什么。

不论怎样，卡萝尔的婚礼可能被搞砸了，但我的计划进行得非常顺利——比我期望的还要顺利。家里人都在忙着布置鲜花、询问婚纱是否已经送到、打开一箱箱的香槟，计划着如果下雨不能在花园里举行婚礼应该怎样应对。而我，则关上了身后的大门，开始了离家出走的旅途。在这个过程中，只有保罗看了我一眼。保罗就住在隔壁，比起讨厌我，卡萝尔甚至更讨厌他。我妈妈总是说，每次我做了什么令家里人蒙羞的事，都有保罗的份儿。因此在很长一段时间里大家都认为保罗与我的离家有关，即使保罗一次次解释说，那天下午当他看到我沿着车道离开时，我曾想尽办法躲开他。那些报纸总是称他为"家族好友"，并且说一直都在向他询问我的去向。"家族好友"这个称谓一定让我妈妈乐坏了。当然他不可能知道我当时是要离家出走。我用离开前告诉我妈妈的那套说辞应付了他。我说我只是想一个人走开一小会儿，暂时不去想那些让我感到困惑或兴奋的事情；我要去市中心走走，也许在那儿买个三明治做晚餐，然后再去看场电影。他让我为难了一阵儿，因为他也想与我一同去。我本没打算在街角的车站坐车，但因为保罗老跟着我，还让我等着他开车一起去市中心的小酒馆吃晚餐，让我不得不决定坐最近的一班车离开。所以，我跑向街角的车站，把保罗丢在身后。这是我的整个计划中唯一变动的部分。

就这样，尽管我最初的计划是步行，我还是坐公交车来到了市中心。其实这样反而更好，因为即使车上有人看到我从家坐车去了市中心也不会多想，而且我还想办法赶上了早一点儿的火车离开。我买了往返火车票，这很重要，会让我们家的人认为我还会回来，他们向来是这么思考问题的。他们认为做任何事情都要有理由——因为我父母和卡萝尔向来不会无缘无故地做事情。因此，如果我买了往返票，唯一的原因就是我还会回来。另外，如果他们认为我还会回来，就不会那么快感到恐慌，我也就能争取更多时间，在他们开始找我之前就躲起来。然而不巧的是，当晚卡萝尔睡不着觉到我房间来找阿司匹林，所以很快就发现我不在了。这也导致我的先发优势并没有预想的那么大。

我知道他们会知道我买了票。我可没那么傻，认为自己能不留痕迹地离开。被抓到的人往往都是因为做了反常或者引人注意的事情而被人留意到——我所有计划的制订都基于这一点。所以，我一直都尽量融入环境，不被发现。我知道他们会发现我买票的事情，因为这在我们一直生活的小镇中是反常的事情，然而这是我做的最后一件不寻常的事。买票时我想，如果我爸妈知道我买的是往返票，也许对他们来说会是个安慰。他们会觉得不论我在外多久，总还有一张回家的车票。实际上我也确实把回程票保留了很久。我曾把它放在我的钱包里当作我的幸运符。

我一直关注着报纸上的报道。皮科克夫人和我通常在早餐桌前喝第二杯咖啡时看这些报纸，然后我再去上班。

皮科克夫人常问:“你怎么看这个洛克维尔市的女孩失踪的事？”我便会遗憾地摇摇头，回答说这个女孩大概是疯了才会想要离开这么漂亮、奢华的家。有时候也会说，也许这个女孩压根儿就没有离开——她家里人也许因为她是个杀人狂而把她关在了哪里。皮科克夫人喜欢一切有关杀人狂的事。

有一次我拿起报纸并且很认真地看着上面的照片。然后我问皮科克夫人:“您觉不觉得她和我长得有点儿像？”皮科克夫人后仰着身子看看我又看看照片，然后又看了看我，最后摇了摇头说:“不像。如果你头发再长一点儿、卷一点儿，脸再圆一点儿，可能还有几分相似。但是如果你长得像个杀人狂，我肯定不会让你在我这里住。”

“我总感觉她和我长得有点儿像。”我说。

“你别无聊啦，赶紧去上班吧。”皮科克夫人对我说。

当我拿着票登上火车时，我并不知道他们什么时候会来追我，但我觉得那样也好，因为即便知道了也只会让我紧张，从而让我犯错，把事情搞砸。我知道一旦他们意识到我不会再乘返程火车回到洛克维尔，首先就会猜想我去了克雷恩——那趟列车途经的最大的城市，所以我只在克雷恩停留了不到一天。我去了一家百货商场，那里正在搞大促销。我感觉在那儿我会被购物的人包围，事实证明我是对的。我曾有一瞬间以为，除了克雷恩那家百货商场，我再也到不了离家更远的地方了。我不得不在人群中奋力给自己找出一条路，才来到卖打折雨衣的柜台前。我不得不在柜台前左推右挡，才从一个又老又胖的妇人手中抢下一件，那雨衣对她来说实在太小了，她不可能穿上。而她嚷嚷的样子让人以为她都付过钱了。我很有先见，手里拿着准备得正好的零钱——6 美元 89 美分，把钱直接递给女售货员，拿起雨衣和包装袋，在快要被挤死之前挤出了人群。

那件雨衣简直太超值了。我一直穿到那年冬天，连个扣子都没掉。第二年春天，我有一次把雨衣忘在一个地方，后来也没能找回来。那雨衣是棕褐色的，在商场的女厕所穿上它的时候，我就开始把它当作我的一件旧雨衣，这感觉很好。我之前从来没有过这样的雨衣，我妈妈要是看到它会晕死过去。我在商场干了件高明的事。我离家的时候穿了一件浅色短外套，类似于夹克的样式。穿上雨衣的时候，我就把那件浅色外套脱了下来并把口袋里的东西都放到了雨衣口袋里。然后我若无其事地拿着那件外套到了甩卖夹克的摊位边，装作是拿出来看过之后又不太满意的样子，把它丢在了摊位上。根据我的判断，没有人注意到我的行为，在我离开柜台之前，我看到一位女士拿起了我的外套，仔细地挑选。我其实可以跟她说，那是件很便宜的外套，打折后是 3 美元 98 美分。

丢掉了原来的浅色外套让我感到轻松。那衣服是我妈妈给我挑的，即便我很喜欢它，即便它价格不菲，但穿着它太容易被人认出来了，我必须得换掉它。我确信如果我把它装进一个袋子然后扔到河里或者垃圾桶里，它迟早会被人找到。即使没有人看到我丢衣服，也肯定会找到这件外套，然后他们就会知道我在克雷恩换了衣服。

那件外套最终也没被找到。他们找到的关于我的最后线索就是有个洛克维尔的当地人在克雷恩火车站看到过我，她认出了我的那件浅色外套。他们没能找到我之后的去向——当然，这部分得益于运气，部分是由于我高明的计划。两三天之后报纸还报道我在克雷恩，一些人认为他们在街上看到了我。一个在商店买裙子的女孩还被警察带走看管，直到她找到人证明了自己的身份。他们很努力地寻找我，但他们找的是路易莎·特瑟，而从丢掉妈妈给我买的浅色外套的那一刻起，我已不再是路易莎·特瑟。

我所倚仗的是，这个国家肯定有成百上千位这样的女孩：19岁的年纪，金发，身高5英尺4英寸[1]，体重126磅[2]。而这些女孩中有很多人一定也和我一样，穿着宽大的棕褐色雨衣。离开百货商场之后我就开始在克雷恩的街上数穿着棕褐色雨衣的女孩，一个街区之内我就看到了四位这样打扮的女孩，所以我感到很安全。那之后我隐藏得更好，我走进了一家小咖啡馆，在那里吃了一个三明治，然后去看了场电影——就像离开前告诉我妈妈的那样。我一点儿都不赶时间，我宁愿去火车上睡觉，也不想在克雷恩找地方过夜。

---

1 1英尺约等于30厘米，1英寸约等于3厘米。——编者注（如无特殊说明，书中脚注均为编者注）

2 1磅约等于450克。

不被人注意的感觉很有趣。那天有数百人见过我，电影院里还有一个水手企图和我搭讪，但谁也没真正注意到我。如果我入住宾馆，前台服务员也许会注意到我；如果我穿着那件廉价雨衣去一家高级餐厅吃晚餐，也会引起怀疑，但我像其他所有穿戴相似的女孩那样行事。所以，唯一一个可能记得我的人就是火车站的售票员，因为像我这样穿着旧雨衣的女孩通常不会在夜里11点去买火车票。但我也想到了这一层，我买了一张去往6英里[1]以外的阿米蒂维尔的车票。阿米蒂维尔有一所大学，它与我刚刚擅自退学的那个精致的小学校不同，是一个校园很大、气氛友好的地方。我这样的穿着在那里很平常。因此，阿米蒂维尔是一个理想的伪装。我告诉自己，我是一名回家度周末之后返校的学生。火车午夜之后才到达阿米蒂维尔。但当我下车进入车站时，看起来一点儿都不奇怪，因为我在车站里喝着咖啡消磨时间时，至少有7个——我数着人数来着——穿着类似雨衣的女孩来来去去，一点儿也没觉得在这个时间上下火车有什么奇怪。一些女孩提着箱子，我本想在克雷恩弄个箱子，但提着箱子去电影院太显眼，况且回家度周末的女学生通常也不会提箱子，她们家里都有睡衣和备用的袜子，只需要把牙刷放进雨衣的口袋里就可以了。所以我那时并不担心自己没有随身箱子，尽管我知道自己很快就会需要一个。喝咖啡时我改变了主意：我把角色由过完周末返校的女学生变为从学校放假回家的女学生。我一直尽力从将要扮演的角色的角度来考虑问题，毕竟我以前做过一阵

1　1英里约等于1.6公里。

大学生。我想，现在那封退学信应该还在路上，以美国政府部门可以做到的最快速度寄给我爸爸，告诉他我已经不是一名大学生了。一想到我爸爸看见那封信后，可能做出的一系列反应，我便彻底下定决心，离家出走了。

报纸上也写了这个，他们认为学校里发生的事是我逃跑的原因，但如果仅仅是因为那件事，我不会离开。不，很久以来，我一直想要离开家。从我记事以来，我几乎就一直在不断地计划离家出走，直到我相信计划已经万无一失。事实证明我的计划的确周密无误。

坐在阿米蒂维尔火车站里，我试着为自己在周一夜里离开学校返家而不是过完周末后返校找一个好理由。正如我之前说过的那样，我总是尽力把自己代入角色来思考，并且力图为自己的行为找到合理的理由。没人问过我，但我得做好应答的准备。最后我想好的解释是：我姐姐第二天要结婚，所以我得在周一赶回家去做她的伴娘。我觉得这个理由比较有趣。我不想因为什么令人悲伤或者恐惧的理由回家，比如我妈妈生病了或者我爸爸出车祸受伤了之类的，如果那样我还得做出一副伤感的样子，反而会引人注意。所以，我就是因为要参加姐姐的婚礼而回家。我在火车站里溜达，看起来只是闲逛，碰巧与一个推门而出的女孩擦肩而过。她身穿和我一样的雨衣。若有人无意中看到，会认为从门里走出来的是我。买车票之前，我去了趟洗手间，从鞋里取出 20 美元。我从爸爸的书桌里拿了一些现金，目前还剩大约 300 美元。我把大多数现金都藏在了鞋里，因为我实在想不到更安全的地方了。我钱夹里只放刚好够下次可能需要花的钱。整天踩着一卷纸币走来走去并不舒服，但我的鞋很结实，是那种不在意自己的外形时会喜欢穿的舒适的旧鞋，离开家前我换了新鞋带，这样我就可以把鞋带系得很紧很结实。你看，我计划得很仔细，没有忽略任何小细节。如果他们让我策划姐姐的婚礼，忙乱、尖叫、歇斯底里的事情就会少很多。

我买了一张去钱德勒的车票。钱德勒是本州最大的城市，也是我此行要去的地方。这是一个很适合藏身的地方，因为洛克维尔的人没有特殊原因通常不会去那儿。如果在洛克维尔或者克雷恩找不到需要的医生、牙齿矫正医师、心理咨询师，或者裙装布料，那他们就会直接去真正的大城市——例如州府——寻找。钱德勒的城市规模足以让我藏身其中，而洛克维尔的人又不把它当作大都市。阿米蒂维尔车站的售票员一天里应该遇到过很多女学生买票往钱德勒去，他接过钱之后头都没抬就直接把票塞给了我。

有趣！他们后来应该也来钱德勒找过我，按说他们不会忽略任何一个我可能藏身的地点。但也许洛克维尔的人都觉得没人会将钱德勒作为一个选项，因为我在那儿从来没感觉有人在找我。当然，钱德勒当地报纸上登有我的照片，但据我所知，从来没人多看我一眼。我每天早上起床后去上班、购物，与皮科克夫人一起看电影，整个夏天都去海边沙滩玩，从来不担心被人认出来。我与其他人一样行事，有着一样的穿着，甚至想法也没什么不同。在钱德勒的三年里，我看见过的唯一一个洛克维尔人就是我妈妈的一个朋友，我知道她来钱德勒只是为了带她的狮子狗去这里的狗场配种。她当时眼里只有和自己同是狮子狗爱好者的人，根本无暇顾及旁人。所以，当她走过来的时候，我只需要走进街边的一个门洞就好，她根本没看我。

和我一起登上去往钱德勒火车的还有另外两个女孩，也许她们也都是回家参加姐姐婚礼的。她们都没穿我这种棕褐色雨衣，但其中一个穿了一件旧蓝色外套，和我的衣服气质感觉都接近。火车开动后不久我就睡着了，醒来时我一时不知道自己在哪儿，过了一会儿才想起来我正在实施周密的离家计划，而且进展顺利，已成功大半。想到这儿我几乎笑出声来，而车厢里我周边的人都在睡觉，于是我又睡了过去，直到第二天早上 7 点火车到达钱德勒车站才醒来。

这就是我离家的全过程。一天前的午后我离开了家。今天早上 7 点，也就是我姐姐婚礼的当天，我已经离家很远。我觉得从各方面来看他们都不可能找到我。我有一整天的时间可以在钱德勒安顿下来。于是，我先在车站旁的一个餐馆吃了早餐，然后去找住处，再给自己找一份工作。我首先买了一个手提箱，有意思的是，如果你在火车站附近买手提箱，没人会注意你。在火车站附近，手提箱看起来很平常。我选了一家货品比较齐全的商店，买了一个便宜的手提箱、一双袜子、一些手绢和一个旅行闹钟。我把所有的东西都放进手提箱，将箱子提在手里。心情平静的时候，所有事情都不难。

后来，有一次我和皮科克夫人在报纸上看到有关我失踪的报道时，我问她路易莎·特瑟有没有可能跑到钱德勒来了，她说她认为不可能。

皮科克夫人跟我说："有人说她被绑架了，我也觉得是。被绑架，然后被杀了。那些人会对绑来的女孩做出许多可怕的事情。"

"但是报纸上说，女孩家没有收到任何索要赎金的消息。"我说。

"他们就是那么说而已，"皮科克夫人摇着头说，"谁知道是不是她家里要保密呢？又或者她是被一个杀人狂给绑架了，杀人狂会要什么赎金呢？我跟你说，你们小女生还不懂这些。"

"我替这个女孩感到难过。"我说。

皮科克夫人说："谁知道呢，也许这女孩是自愿跟他走的。"

我并不知道自己到钱德勒的第一天早上就会遇到皮科克夫人，我的运气真是太好了！吃早餐时我就想好了，我要扮成一个19岁的女孩，来自北边一个体面人家，存了钱到钱德勒的商科学校来学习文秘。我需要一边上课一边打工挣钱，而商科学校要到秋季才开学，所以我可以利用这个暑期打工攒钱，顺便也看看文秘专业是否真的适合我。这样即便我稍后决定离开钱德勒，也可以等到我出走的风声过了之后再去别的地方。那雨衣看起来跟我要扮演的循规蹈矩的女生的角色不相配，所以我把它脱下来，搭在手臂上。我感觉自己在衣着打扮上做了很好的选择。离家之前我决定穿套装，所以我挑了一套我能找到的最是低调朴素的衣服——灰色套裙和一件白色衬衫。如此一来，只需要做一些小小变动，例如换一件衬衫或者一个翻领上的别针，我就可以变成任何我想要的身份。现在看来，套裙对于一个计划上文秘课程的年轻女孩来说再合适不过了。当我提着手提箱、手臂上搭着雨衣走在街上时，看起来十分平常，和其他人没有区别。每个从火车上下来的人看起来都是这样。我买了一份晨报，又在一个杂货店买了杯咖啡，然后就开始寻找房屋出租信息。一切都看起来那么平常：手提箱、外套、寻租——所以当我问卖汽水的店员去樱草街该怎么走的时候，他看都没看我一眼。他当然并不关心我最后是否找到了地方，但仍然很有礼貌地告诉了我方位和乘车路线。我本来不用为了省钱而去坐公交车，但一个声称需要省钱上学的女孩坐着出租车过去看起来也有些滑稽。

“我永远忘不了你那天早上的样子，”后来皮科克夫人曾对我说，“我一看到你就知道，我愿意把房间租给你这样的女孩——安静、有礼。但你当时看起来像是让大城市给吓蒙了。”

“我不是给吓蒙了，”我说，“我当时是担心能不能找到一个满意的房间。我妈妈嘱咐了太多需要注意的事情，我有点儿担心能不能找到让她觉得满意的地方。”

“无论什么时候，不管是谁的妈妈来，只要进门一看就知道她的女儿是住在好人家的家里。”皮科克夫人有些自傲地说。

的确如此。当我走进皮科克夫人位于樱草街上的大房子并见到她本人时，我就知道，一切比我原本计划的更加完美。这是所旧房子，但很舒适，分给我的房间也很不错，我与皮科克夫人更是一见如故。当她听我说我妈妈嘱咐过房子一定要干净且位于安全的社区，不会出现晚归的女生被流氓尾随的事情时，她对此很满意。而当她听说我想要存钱学习文秘课程，以便将来能找一份好工作，每周都能给家里寄点儿钱时，她就对我更满意了。皮科克夫人认为孩子们长大后就应该回报父母当初的付出。见面一小时之后，皮科克夫人已经了解了我杜撰出来的那个女孩的所有家庭背景：我妈妈是一个寡妇；我姐姐新婚后仍与丈夫住在我家；我弟弟保罗常让我妈妈担心，因为他迟迟不愿稳定下来安心过日子。我告诉她我的名字叫路易丝·泰勒。那时我甚至都觉得即使告诉她我的真名，她也不会把我与那个失踪的女孩联系起来，因为她感觉她已经了解了我的家庭。她还让我安心，并且让我写信回家时告诉我妈妈，她会为我在钱德勒的生活负责，并像我自己的妈妈那样照顾好我。最重要的是，她还告诉我附近有家文具店在招女店员。于是我去那儿找了份工作。离家 24 小时不到，我已经成了一个全新的人。我变成了住在樱草街、在文具店工作的路易丝·泰勒。

有天我在报纸上看到报道说，一位著名的占卜师曾给我爸爸写信说他可以找到我。他说从一些星相可以看出应该能在有花的地方找到我。这让我大吃一惊，因为樱草街就是这样一个地方。但包括我爸爸以及皮科克夫人在内的所有人都认为，那意味着我的尸体被埋在了某个地方。他们在我最后出现的火车站周围挖了个大坑。然而让皮科克夫人大失所望的是什么也没挖到。皮科克夫人和我没法达成共识，不知道“我”到底是和一个匪徒私奔，成了他的情妇，还是被人分尸然后用卡车运到了什么地方。一段时间之后，他们放弃了寻找，除了偶尔因为一些错误线索而产生的新故事会出现在报纸末版之外，再无其他进展。皮科克夫人和我也转而对一起光天化日之下发生在芝加哥的大胆的银行抢劫案产生了兴趣。到了离家周年的时候，我意识到自己已经离开一年了，我决定为了纪念那个日子而奖励一下自己，我给自己买了顶新帽子，还在城里享用了一次

晚餐。我回到家时正赶上晚间新闻时间，收音机里传出了我母亲的声音。

“路易莎，”她说，“请回家吧。”

皮科克夫人说：“那个可怜的女人。想象一下她的心情吧。他们说她从没放弃希望，认为有一天她的小女儿会活着回来。”

“您觉得我的新帽子好看吗？”我问道。

我后来放弃了攻读文秘课程的计划，因为文具店要扩大规模，增加一个图书租借店和一个礼品店。我被委任为礼品店的经理，如果一切顺利还会被任命为总经理。我跟皮科克夫人商量，就像和自己的妈妈商量一样。我们认为丢掉一份好工作从头开始是不明智的。我的积蓄都存在银行里，皮科克夫人和我打算到时候把我们的积蓄取出来买一辆小车，或者一起去旅行，甚至去坐邮轮旅行。

我想说的是，我自由了，而且过得不错，从没想过再回去。遇到保罗真是我运气差。很久以来我都没有想起过家里的任何人，除了看到新闻报道里的只字片语之外，也从没想象过他们的生活。但我潜意识里一定还记挂着他们，因为我甚至从来没仔细想过自己是否还想着他们。当我呆站在大街上，张开嘴叫了一声“保罗！”，他转过身，而我马上意识到自己干了什么时，一切都太晚了。他盯着我看了一会儿，然后皱起眉头，一脸困惑。我能感觉到他在努力地回忆并尝试让自己相信记忆。终于，他说：“怎么可能？”

他说我必须回去。他说如果我不回去，他会告诉他们到哪儿去找我。他还拍了拍我的头说银行里还存有一笔悬赏金，谁有关于我的确切信息都可以去领。他还说等他领了赏金，我可以再离家出走，走得越远越好。

也许我的确想回家了。也许这么久以来我心底里一直在等一个回家的机会。也许这就是为什么会发生在大街上认出保罗这种千年难遇的事情——他之前从没来过钱德勒，那天也只是在钱德勒转车才会停留几分钟。而在他走出车站一分钟之后就遇到了我。如果在那一分钟里我没有经过那儿，如果他没有在转车的间歇走出车站，我就永远都不会回去。于是我告诉皮科克夫人我要回北边的家看望家人。这一切真是太有趣了！

保罗给我爸妈发了一封电报，说他找到我了，会和我坐飞机回去。保罗还说他仍然担心我会再跑，所以最安全稳妥的办法就是把我放在半空中，那样我就跑不掉了。

我开始觉得有些紧张，在从洛克维尔机场回家的出租车里，我不断看着窗外。我发誓过去三年中我从未想起这个我熟悉的小镇，那些街道、店铺和房子。但此时此刻我发现自己一直记得，就像我从未离开过这里，也从未去过钱德勒，看到那里的街道与房屋。当出租车终于转弯驶进我家所在的那条街时，那幢白色的老楼终于再次映入眼帘，我都快哭出来了。

“我当然很想回来。”我说。保罗听到我的话笑了。我想起我曾把那张返程车票当作幸运符保存了很久，直到有一天清理钱夹时才扔掉它。扔掉之前，我想过有一天我会不会因为想回家而为丢掉了这张返程票后悔。“看起来什么都没变，”我说，“我就是在这个街角搭的公交车。那天我从车道走下来，遇见了你。”

保罗说：“如果我那天拦住了你，也许你也不会再尝试离家出走了。”

出租车在房子前面停下，我下车时感觉双腿在发抖。我抓住保罗的胳膊说：“保罗……等我一下。”保罗望着我，露出那个我熟悉的表情，似乎在说：“如果你现在背弃我，我会要你永世难忘。”然后他拥着我——因为我一直在发抖，和我一起走向前门。

我不知道他们是不是正从窗户里看着我们。我想象不出这种情境下我爸妈会有怎样的举动，因为他们一向推崇冷静、沉着、端庄、举止得体。我想如果是皮科克夫人，她会在甬道上等着我，但此刻前面的大门依然紧闭。我犹豫着是否该按门铃，我以前从没按过这个门铃，而就在我犹豫的时候，卡萝尔给我们开了门。我喊道：“卡萝尔！”看到她我吃了一惊，因为她看起来老了许多。但转念一想，毕竟已经三年没见过她，她老了些也正常，说不定她也觉得我老了。我再次喊道：“卡萝尔，噢，卡萝尔！”看到她我真开心。

她深深地看了我一眼，转身进了门，我爸妈都站在里面，等我进去。如果不是有些迟疑，我一定会立即奔向他们，但我犹豫了一下，不太确定应该如何表现，也不清楚他们是否生我的气，是否觉得受了伤害，还是因为我回来了而感到开心。因为这一瞬间的迟疑，我停下了脚步，用不太确定的语气叫道：“妈妈？”

她走过来，把手放在我肩上，久久地看着我的脸，眼泪顺着她的脸颊流下。我想象过这个场景，那时一切都还无关痛痒。我之前本来已经准备好要哭出来，但真到了需要哭的时候我却只想傻笑。她看起来苍老、忧伤，我觉着自己是个傻瓜。然后她转向保罗，说:“噢，保罗！你怎么可以又这样对我？”

我能看出来，保罗有些害怕。他说:“特瑟夫人……”

“亲爱的，你叫什么名字？”我妈妈问我。

“路易莎·特瑟。”我傻傻地回答。

“不，亲爱的，”她非常温柔地问，“你的真名是什么？”

我终于哭了出来，但已经于事无补。我说:“路易莎·特瑟就是我的名字。”

卡萝尔说:“你们为什么不能放过我们？”她十分愤怒，脸色苍白，全身发抖，几乎是尖叫着对我们喊道:“这么多年来，我们一直想找到我失踪的妹妹。你们这些人却把这当成了骗取悬赏的机会。这对于你们来说是挣快钱，却一次次让我们受伤、心碎。你们的良心在哪里？你们就不能放过我们吗？”

“卡萝尔，”我爸爸说，“你吓着这个可怜的孩子了。”“这位小姐，”他转过头对我说，“我相信你并不知道你做的事情对我们来说是多么残忍的伤害。你看起来是个好女孩。想想如果是你自己的妈妈……”

我试着想象我自己的妈妈，然后看向她。

“……如果有人这样利用你的妈妈。我相信你之前并不知道，这个年轻人……”我转而看向保罗。“曾经数次找人冒充我们失踪的女儿。他每次都说自己是被骗了而且从未想过从中牟利。每次我们都十分希望他找来的那个女孩真是我们的女儿。第一次我们被蒙在鼓里好几天。那个女孩看起来的确像我们的路易莎，她演得真像，甚至知道所有家人之间说过的笑话和家事，除了路易莎别人不可能知道，但最后我们还是发现她是个冒牌货。我女儿的母亲，也就是我的妻子每次经历这种希望与失望之后都会受到深深的伤害。”他拥着我的妈妈，也就是他的妻子，和卡萝尔站在一起审视着我。

保罗失控地说：“听着，不如给她一个机会吧——她知道她就是路易莎。至少给她个机会证明自己的身份。”

卡萝尔问道：“怎么证明？我敢肯定如果我问她，嗯……问她本来准备在我婚礼上穿什么颜色的裙子……”

“粉色，”我说，“我本来挑的蓝色，但你坚持说必须是粉色。”

“她肯定知道答案，”卡萝尔好像根本没听到我的回答，继续说，“你之前带来的那些女孩，保罗，她们都知道答案。”

这么下去不会有什么好结果的。我早该知道。也许他们已经习惯了寻找，所以他们宁愿继续寻找我而并不期盼我回家。也许我妈妈从我脸上并没有看到路易莎的痕迹，而是看到了我长久以来努力扮演的路易丝·泰勒的特征。所以我看起来已经不像路易莎了。

我有些为保罗感到伤心，他不像我对我父母了解得那么深，还以为仍有机会说服他们，让他们最终张开双臂对我哭喊：“路易莎！我们丢了好久的孩子！”然后给他支付酬金。之后我和家人就可以幸福地生活在一起了。当保罗还在试图劝说我爸爸的时候，我走到一边想再看看客厅。我感觉我能待在这儿的时间不长了，所以想走前再看一眼我的家。姐姐卡萝尔一直紧盯着我。我想着我之前的两个女孩到底想要偷走什么，我想告诉卡萝尔，如果我真想偷什么东西，三年前我就偷走了。我第一次离家的时候本可以带走所有我想要的东西。现在这儿已经没有我想要的东西了，我想要的东西都已经不存在了。我意识到我想要的就是留下来——我实在太想留下来了，我想把整个身子吊在楼梯栏杆上尖叫。但即使一个坏脾气孩子的形象会让他们在一瞬间以为自己看到了出走的路易莎，我觉得他们最终也不会邀请我留下来。我都能想象自己尖叫着被拖拽踢打着赶出家门的样子。

“好漂亮的老房子。”我礼貌地和一直跟在身边的姐姐卡萝尔说。

“我们家族已经在这座房子里生活了好几代了。”她也很有礼貌地说。

“这些家具真漂亮！”我说。

“我妈妈很喜欢古董。”

“指纹！”保罗突然大叫。这下我估计我们得请一个律师，或者说是保罗认为我们得请一个律师。如果他知道我不会请，不知道他会怎么想。一旦他们认定我不是路易莎，这世界上没有哪个律师能让我爸妈和姐姐卡萝尔重新接纳我。难道法律能让我妈妈看着我的脸然后认出我来吗？

我得想办法让保罗意识到我们什么也做不了。于是我走过去站到他旁边，对他说：“保罗，你难道看不出来你只会让特瑟先生更加生气吗？”

“的确如此，女士，”我爸爸一边说一边对我点点头，表示他认为我是个有理智的人，“威胁我确实不是个好办法。”

我说：“保罗，这些人不欢迎我们。”

保罗又开始说着什么，并且生平第一次改变了主意，向着大门大步走去。当我转身跟上他，心里想着我在这次“伟大的回归”中永远不可能走进前厅时，我爸爸——不对，特瑟先生——跟过来拉起了我的手。他很和蔼地对我说：“我女儿比你小一点儿。但我相信你也有一个爱你的、希望你快乐的家庭。回家吧，小姐。请让我像父亲那样给你一点儿忠告——离这家伙远一点儿，他缺德又一无是处。回到你自己的家去吧。”

“我们知道为自己的女儿担惊受怕是什么滋味，”我妈妈说，“回到爱你的家人身边去吧。”

我想她指的是皮科克夫人。

“为了确保你能回家，”我爸爸说，“让我们给你一点儿车费。”我试图挣脱他的手，但是他已经把一张卷起来的钞票塞进我手里，我只能拿着。他接着说：“我希望有一天也会有人像我对待你这样善待我的女儿路易莎。”

“再见，亲爱的。”我妈妈走上前来轻拍我的脸，说，“祝你好运。”

我对他们说：“我希望你们的女儿有一天会回来。再见。”

那是一张 20 美元的钞票，我把它给了保罗。比起他所费的事，这点儿钱似乎远远不够。不论怎样，我最终回到文具店继续工作。之后每一年，在我离家出走的那个日子，我妈妈都会继续在广播里对我呼唤。

她说：“路易莎，请回家吧。我们都期盼着我们亲爱的女儿回来，我们需要你，我们很想你。你的爸爸妈妈都爱你，没有忘记你。路易莎，请回家吧。”

疑影重重

PARANOIA

在办公室开开心心忙了一整天，哈洛伦·贝雷斯福德先生虽然稍感疲惫，却并不颓唐。即使在工作 8 小时之后，他看起来仍然神清气爽、衣衫整洁。他为自己的好记性感到很是得意，他腋下夹着一个硕大的盒子，走出糖果商店，轻快地向街角走去。纽约的每个街区里都得有 20 个人像贝雷斯福德先生那样身着小号深灰色西装，50 个人在有空调的写字间里工作一天之后还保持着整洁清爽的仪态，为自己能记得太太的生日而感到自满的小个子男士也许得有上百人。贝雷斯福德先生决定在太太生日当天带她出去吃晚餐，再看看能不能买到演出的尾票。他还给太太准备了糖果盒作为礼物。总之，今天是个特别开心的日子，贝雷斯福德先生轻哼着歌，脚步轻快。

他在街角停了下来，盘算着是坐公交车，还是试着在人群中叫个出租车更节省时间。从这里去市中心还有很长的路程，贝雷斯福德先生通常会搭乘第五大道双层巴士，坐在顶层读读报纸什么的，惬意地享受半小时的宁静旅程。他很讨厌坐地铁，也很不情愿在大街上洋相百出、粗鲁地抢搭出租车。但为了给太太买她最爱的巧克力，他今晚在糖果店排了长队。如果要在饭菜上桌前到家，他就得快一些。

贝雷斯福德先生走到街上，一边招手一边喊："出租车！"然而他有些扭捏，声音听起来像是做作的假声，显得畏缩羞怯，只得又溜回人行道上，而那辆出租车在他身边擦肩而去，并未领会到他的需求。人行道上一个头戴轻便帽的男子在他身旁停了下来，他们在人群中对视了一会儿：他看着贝雷斯福德先生，贝雷斯福德先生也看着他，就像人们有时并未在意看到了什么那样。贝雷斯福德先生看到对方的轻便帽下有一张瘦削的脸，留着小胡子，竖着衣领。这人长得真滑稽。贝雷斯福德先生轻轻摸了摸自己刮得干干净净的嘴唇周围，心里想道。可能他无意识的小动作冒犯了对方。不管怎么说，那人皱起眉头，开始上下打量起贝雷斯福德先生，片刻后才转身离开。好凶的人，贝雷斯福德先生又想道。

贝雷斯福德先生常坐的第五大道双层巴士摇摇晃晃地驶进了街角。很高兴不用担心打车的问题了，贝雷斯福德先生向车站走去。正当他伸出手想要拉住车门的把手上车时，却突然被人用手肘推到了一边。那个戴轻便帽的凶神恶煞的家伙挤到了他前面。贝雷斯福德先生小声抱怨着，想跟在他身后上车，但车内挤满了人，就在这时车门关上了。巴士驶离车站时，贝雷斯福德先生看到那个男人在车门里面对他龇牙一笑。

贝雷斯福德先生恼火地把肩膀往大衣里缩了缩，自言自语道：

“真是卑鄙。”他懊恼地再一次跑到街心，挥手想要招一辆出租车，无人理会他的招呼，但他却差点儿被一辆货车撞上。他踉跄着退回到人行道上，货车司机伸出头，对着他大声喊了几句什么。贝雷斯福德先生发现周围的人都在笑他，于是他决定向市中心的方向走走。两个街区以外还有一个公交车站、一个出租车站以及一个地铁站。他虽然很讨厌地铁，但为了快点儿到家，今天可能也不得不坐一次了。他向市中心走去，夹着糖果盒，灰色西装几乎没有被街角拥挤的人群弄皱。他决定忘却刚才的不愉快，只记住今天是太太的生日。他又边走边愉快地哼起了歌。

他边走边打量着路上的行人，作为一个刚刚成功平复了懊恼情绪的人，他又变得目光敏锐：对面走来的那个脚踩恨天高、眉头紧锁的女孩一定是没办法从鸡毛蒜皮的烦恼中抽身，又或者是因为鞋不合脚才皱眉的；路边看着商店橱窗的老太太和男士起了争执；对面那个快速穿过人群、戴着轻便帽、长相滑稽的男人看起来心怀仇恨……那个戴着轻便帽的滑稽男人……贝雷斯福德先生在前行的人群中转过身，看到那个戴着轻便帽的男人在离他大约 10 英尺时突然向后转身，朝着市中心的方向走去。贝雷斯福德先生很惊讶：“这是怎么回事？”不觉加快了脚步。“因为什么事中途下车了？也许是坐错了车？”但他为什么下车后朝着市郊方向走，而不是在下车的地方等另一趟车？贝雷斯福德先生耸耸肩，超过了两个聊着天结伴而行的女孩。

在离他要去的街角还有一半路程的地方，贝雷斯福德先生突然感到惊慌，他发现那个戴着轻便帽的男人就在他身边，紧紧地跟着他。贝雷斯福德先生把头转向一边，放慢了速度。那个男人也放慢了脚步，却不看贝雷斯福德先生。

“真是莫名其妙。”贝雷斯福德先生想，但也并未细细思考。他夹紧糖果盒，匆匆穿过前边的人群，走进一家店铺。走进店里他才发现这是一家卖纪念品和杂货的店铺。店里只有几个人——一位女士带着一个小女孩，一个水手——贝雷斯福德先生闪到店铺的最里面，随手拿起一个印有“纽约游览纪念”字样的香烟盒把玩起来。烟盒的另一面印着“角尖塔和圆球”[1]，做工很精致。

那位母亲对小女孩说:“这个很可爱，是不是？”她们拿着一个做成马桶样式的火柴罐，哈哈大笑起来。火柴是放在马桶里的，贝雷斯福德先生能看到马桶盖上也印着“角尖塔和圆球”，那图案上面写着“纽约游览纪念”的字样。

戴轻便帽的男人也进了店，贝雷斯福德先生背过身去，装作专心在柜台里挑选东西。他半心半意地选着，想要找到一件没有印着“纽约游览纪念”字样的商品，同时还留意着那个男人的动向。此时，贝雷斯福德先生的疑问已经从那人想要干吗变成了他想要找谁。如果他头戴轻便帽的伪装是针对贝雷斯福德先生的，那他一定有很邪恶的打算，不然为什么他之前没有对贝雷斯福德先生表明意图？贝雷斯福德先生想要与这个男人对质，要他说出自己的目的。然而，这个念头转瞬即逝。与往常一样，贝雷斯福德先生在面对这

1　1939 年纽约世博会的标志性建筑物。

种形势不明朗的境地时，总是很清楚地想起自己弱小的体型，然后就变得谨小慎微。贝雷斯福德先生最终决定，最好还是避开这个人。想到这里，他径直向商店门口走去，打算经过这个戴轻便帽的人，坐公交车回家。

然而他还没走到那个戴着轻便帽的男人跟前，店里的售货员就一脸和蔼地笑着从柜台那头走了过来，热情地对他说："先生，有您喜欢的东西吗？"

"谢谢，今天先算了。"贝雷斯福德先生一边说一边让到左边，想要避开售货员。但售货员也走了过来，说："我们还有一些好东西您没看到。"

"不用了，谢谢。"贝雷斯福德先生说。他尽力让自己的男高音听起来坚定一些。

"您看一眼吧。"售货员坚持道。贝雷斯福德先生感觉这个售货员的坚持很不正常。他抬头一看，发现那个戴轻便帽的男人正在他右边，向他弯下腰来。而从售货员和那个男人的肩头看过去，他发现此时店铺里已经没有其他顾客了。外面的街道显得那么遥远，街上来往的行人似乎也越来越小。贝雷斯福德先生意识到，他正被这两个人步步紧逼着后退。

戴轻便帽的男人对售货员说："手脚轻一点儿。"两人继续朝贝雷斯福德先生慢慢逼过来。

"听着。"贝雷斯福德先生说，像所有处于危机中的普通人一样无能为力。他仍然紧紧地夹着那盒糖果。"听着，我警告你们……"他感觉到了身后墙壁的压迫，他已经退无可退了。

“准备。”戴轻便帽的男人说。那两个人肌肉紧绷，可就在这时，贝雷斯福德先生大叫一声，从他们之间突围，开始向门口奔逃而去。他听到身后好像狂犬发出的低吼，随即听到追赶的脚步声。贝雷斯福德先生夺门而出来到街上的人群中，他想：“现在我安全了。众目睽睽之下，他们不敢对我怎么样。”他一边回头张望，一边向市中心的方向走去，超过了一个提着大包小包的胖女人，还有一对勾肩搭背的小情侣。他看到那个售货员站在店门口向他张望，那个戴轻便帽的男人已经不见了。贝雷斯福德先生把糖果盒换到另一边夹着，这样他的右手就得空了。他觉得很傻：光天化日的，他们以为自己能逃脱吗？

戴轻便帽的男人在前方的街角等着。贝雷斯福德先生放慢了脚步，心想：“众目睽睽之下还这样，真是荒唐。”他大胆地向前走。戴轻便帽的男人根本没有看他，而是镇定地靠在一栋楼的外墙上，点了一支烟。贝雷斯福德先生来到了街角，迅速跑到街上，烦躁不安地喊道：“出租车！”他简直不相信自己居然有这样洪亮的声音，一辆出租车停了下来，似乎是被这声音所震慑，贝雷斯福德先生感激地向它跑去。正当他伸手去拉车门时，另一只手盖住了他的手，一顶轻便帽擦过贝雷斯福德先生的脸颊。

“要走就快点儿上车。”出租车司机催促道。车门开了，贝雷斯福德先生挣扎着想摆脱推他进车的力道，终于挣脱了握住他手的那个人，逃回到了人行道上。这时，一辆穿城公交车在街角停了下来，贝雷斯福德先生顾不上思考，立即跳上车，往钱箱里丢了 5 分钱的硬币，然后径直走到车尾，坐了下来。戴轻便帽的男人也上了车，坐在稍微靠前的位置，在贝雷斯福德先生与车门之间。贝雷斯福德先生把糖果盒放在腿上试着思考。很明显，如果那个戴轻便帽的男人不是个特别敏感的人，他这样做就应该不是因为贝雷斯福德先生下意识做出了针对他小胡子的小动作。更别说这件事里还有那个纪念品商店的店员，贝雷斯福德先生突然觉得那个纪念品商店的店员也颇为古怪。贝雷斯福德先生暂时把那个店员放到一边，又开始琢磨那个戴轻便帽的男人，并且思考自己一会儿该怎么办。如果不是因为小胡子冒犯了他，那是因为什么呢？这时另一个念头让贝雷斯福德先生感到十分惊恐：那个男人跟踪他多久了？他回想今天一天的经历：下班时他和一些同事一起离开办公室，大家聊得很开心，都提醒他今天是他太太的生日；同事们陪他一起走到糖果商店才同他分手。这一整天里，除了中午和办公室的三个同事吃饭，他一直没有离开过办公室。贝雷斯福德先生的思路突然从午餐跳到在公交车站第一次见到戴轻便帽男人的一幕。他记得当时那个男人是想把他推上公交车，推进车里的乘客中间，而不是要把他向外推。那样的话，一旦他上了车……贝雷斯福德先生看看四周，他所搭乘的公交车里仅剩五人：司机、他自己、坐在前面的戴轻便帽的男人、一个手提购物袋的老太太，还有一个看起来像是外国人的男人。“外国人，”贝雷斯福德先生一边看着他一边想道，“外国人，外国阴谋，间谍。外国人还是靠不住。”

公交车疾驰在高耸灰暗的楼群之间。贝雷斯福德先生看着窗外，发现车行驶在一个工业区里。他记得这趟车是往东行驶的，决定在车行驶到热闹的、灯火通明的街区时再找机会下车。看着车窗外越来越黑暗的街道，贝雷斯福德先生发现了一个奇怪的事情：街角的公交车站台上明明有人在等车，但这辆车经过站台时并没有进站，即使候车的人挥舞着手臂示意，车也没停下。贝雷斯福德先生感到纳闷，他看见那个站牌上写着“东 31 街”，同时打算按下停车按钮提示司机他要下车。正当他起身沿着通道走过去时，那个外国人长相的男人也站起来向司机那边的车门走去，他说：“下车。”车慢了下来。贝雷斯福德先生也跟着向前走，却绊到了老太太的购物袋，袋子里的一些小东西——一套积木、一包回形针——都撒了出来。

“对不起。”贝雷斯福德先生心急如焚地道歉，眼看车门已经打开了。他继续向前挤，但老太太抓住了他的胳膊说：“你如果赶时间就不用管了，我自己能把它们捡起来。”贝雷斯福德先生想要挣脱她，但她接着说：“如果你到站了，就别捡了，没关系的。”

一卷粉色的丝带缠住了贝雷斯福德先生的鞋。老太太说：“是我自己笨手笨脚的，还把包放到了过道中间。”

当贝雷斯福德先生摆脱老太太的时候，车门已经关上，车已经开动了。贝雷斯福德先生只好放弃，单膝跪地，开始捡起地板上散落的回形针、积木块，以及一包弄得满地都是的信纸和信封。“实在对不住，”老太太和蔼地对他说，“都是我的错。”

贝雷斯福德先生回过头从自己肩膀上看过去，发现那个戴轻便帽的男人舒舒服服地坐在座位上。他仰头靠在椅背上，闭着眼，正在抽烟。贝雷斯福德先生终于把散落在地上的东西都尽力按原样放回了老太太的包里，然后向前来到了司机旁。他对司机说：“我要下车。”

司机目不斜视地说：“还没到站，不能停车。”

“那我下一站下好了。”贝雷斯福德先生说。

车继续向前疾驰，贝雷斯福德先生弯下腰从挡风玻璃向外望，看到了公交站牌。

他说：“就在这一站下。”

“你说什么？”司机一边问一边将车开过站台。

贝雷斯福德先生说：“喂，我要下车。”

司机说：“下车可以，下一站。”

贝雷斯福德先生说：“刚刚不是到站了吗？”

司机说：“那站没人等车，不停，而且你也没及时跟我说。”贝雷斯福德先生只好再等。大约一分钟之后他又看到前方有一个站牌，于是说：“就在这儿。”

然而车不仅没停，甚至连车速都没减。

司机说：“你投诉我啊。”

“你听着，就现在。”贝雷斯福德先生又说道。司机抬眼瞥了他一下，好像觉得这很有趣似的。

“你投诉我啊，我的工号就在这张卡上呢。”

“如果下一站你还不停车，我就砸烂车窗喊救命。”

司机说：“你用什么砸？用那盒糖？”

贝雷斯福德先生刚问道：“你怎么知道——”继而就意识到如果继续跟司机说话，就会错过下一个车站。此刻他还没有意识到，自己除了车站以外，还有可能会在任何一个地方被轰下车去。接着，前方出现灯光，车随即减速。贝雷斯福德先生回头一看，发现那个戴轻便帽的男人伸了个懒腰站了起来。

公交车在一个站牌前停了下来，街边有一排商店。

“好了。”司机对贝雷斯福德先生说，“你刚刚不是很着急吗？”看到戴轻便帽的男人从后门下了车，贝雷斯福德先生有些犹豫，他站在打开的前车门边说：“我想我得再待会儿。”

司机却说：“到终点站了，所有人都要下车。”他一脸讥讽地看着贝雷斯福德先生，对他说：“不满意就去投诉，这卡上有我的工号。”贝雷斯福德先生只得下了车，向站在不远处人行道上的那个戴轻便帽的男人走去。贝雷斯福德先生语气强硬地说：“真是邪门了，你想干什么啊？我告诉你，等我看见警察……”他突然停了下来，因为他发现那个戴轻便帽的男人并没有看他，而是不耐烦地紧盯着他身后。他转头一看，发现一个警察就站在街角。

贝雷斯福德先生对那个戴轻便帽的男人说“你等着”，然后向那个警察走去。走到中途，贝雷斯福德先生又有些犹豫了。他跟警察说什么呢？说公交车司机不按他的要求停车？说纪念品商店的店员太过殷勤？说有一个神秘的戴轻便帽的男人？这些又有什么可疑之处？贝雷斯福德先生意识到他没什么可以跟警察报告的。他回头看看，发现戴轻便帽的男人正注意着他的举动，于是贝雷斯福德先生一闪身进了地铁站。他手里还捏着一枚 5 分硬币，走下楼梯后径直扔进投币机，然后进了闸口。左手边是去城里的车，他往那个方向跑去。

他一边跑一边想："那人会想，如果我还上进城的车就太傻了，如果我聪明点儿就会选反方向的车，但如果我更高明就反而会选进城方向的车。所以他会觉得我是一般聪明还是非常聪明呢？"

戴轻便帽的男人紧随着贝雷斯福德先生也来到进城方向的站台，悠闲地走到站台边，双手插在口袋里。贝雷斯福德先生失神地在长凳上坐下，心想："这下可不好，麻烦大了。他看透了我的聪明。"

列车如疾风般驶入站台，贝雷斯福德先生跑进一节车厢，看到戴轻便帽的男人消失在旁边车厢里。就在车门快要关上的瞬间，贝雷斯福德先生迅速挤到门边，挡住了门，想要下车。然而旁边一个女孩却拽住了他，大喊道："哈利！你去哪儿啊？"

车门半开着，被贝雷斯福德先生的身体卡住，而他的手还被车内的女孩用尽全力地拉着，挣脱不开。那女孩对车里的乘客说："这不是件好事吗？很显然他并不想见他的老朋友们。"

听到她的话，有几个人笑了，大多数人只是默默观望。

有人说："姐们儿，拉住他别放手。"

那女孩笑了，使劲拉着贝雷斯福德先生的手。她笑着对车里的人说："他要跑了。"一个壮汉走了过来，笑着对女孩说："如果你实在不想放他走，我们帮你把他拉进来。"

贝雷斯福德先生感到拉拽的力量突然变大，硬生生被拽回了车厢里，两侧的车门也随之关上了。大家都笑他，壮汉说："哥们儿，可不能这么对女人。"

贝雷斯福德先生四下寻找那个女孩，然而她却不见踪影，车开

Souvenir

了。过了一会儿，车里的人不再关注他，贝雷斯福德先生把衣服拉平整，他的那盒糖果仍然完好无损。

列车正开往市区，贝雷斯福德先生绞尽脑汁地回忆各种侦探手段或者神秘故事中提及的桥段，终于想到一个简单可行的方案。他乖乖地留在车上，在23街站还找到一个座位。他在14街站下了车，那个戴轻便帽的男人也跟着他下了车，接着两人都走到了街面上。正如他所料，面前那个大百货商场的广告牌上写着“营业至9点”。商场的大门不断地被进出的人推开又关上。贝雷斯福德先生走了进去。一开始他有些不适应——商场里一排排的柜台向各个方向伸展，灯光明亮炫目，人声嘈杂，让他惊慌失措。他沿着一排柜台慢慢走：一开始是卖长袜的柜台，里面有褐色的、黑色的薄袜，薄如蝉翼；然后是卖手提包的柜台，很多货品正在减价促销，各种样式简洁的包，每款一个，分别放在盒子里；最后是个人卫生用品柜台，柜台边放着真人大小的人形模特，身着各式情趣内裤，时不时有人神情尴尬地来购买。贝雷斯福德先生转个弯，来到卖杂货的柜台边。这个柜台卖些廉价围巾、明信片，一个标着“一律25美分”的箱子里有一堆墨镜。贝雷斯福德先生将就着买了一副墨镜戴上。

他选了一个离他进入商场时所走的大门很远的出口，从那里走了出去。这个商场有八九个出入口，应该很难猜到他会选这个出口。那个戴轻便帽的男人已不见踪影，贝雷斯福德先生来到出租车等候点时也再没有人阻拦他。他犹豫了一下是不是该乘第二辆或者第三辆车，但最终还是坐上了最前面的一辆出租车，对司机说出了家里的地址。

终于，他顺利回到了他家楼下。他谨慎地从出租车上下来，进入楼宇大堂。这次他没看到戴轻便帽的男人，没有奇怪的人盯着他。他进了电梯，独自一人，没人看到被按下的是哪个楼层的按钮。直到这时他才长舒一口气，怀疑自己疯狂的回家之路是不是一个梦。他按响门铃，不久太太就来开门了，贝雷斯福德先生进门后瞬间松弛下来，感觉自己累得快要散架了。

太太关切地问道:“亲爱的，今天怎么这么晚？发生什么事了吗？”

他望着她：她穿了那件蓝色的长裙。这意味着她记得今天是自己的生日，而且还期待着他会带她出门庆生。贝雷斯福德先生疲累地把那盒糖果递给她。因为太过于关切丈夫，她随手接过盒子，并未特别注意。她再次问道:“到底发生了什么事？亲爱的，快过来坐下，你脸色很不好。”

他由着太太带他走进客厅，坐在自己常坐的那张椅子上，舒服地靠在椅背上。

“出什么事啦？”太太有些着急，伸出手在他身上各处摸摸，又替他松开领带，理顺头发，然后接着问:“是不是身体不舒服？还是路上出了事故？到底是怎么啦？”

他感觉他表现得比实际上更疲惫，并且很享受这种关切。他长叹一口气，说:“没有，没事。一会儿再跟你说。”

她说:“你等着，我给你倒杯酒去。”

太太走出客厅，他重新把头靠在椅背上。当听到门锁转动的声音时，他才意识到自己从来不知道这客厅的门有锁。他起身来到门后，听到太太在门厅里打电话。

她拨了号，稍等了片刻：“你听着，听好，他终于来了。我已经抓到他了。”

魔法师的学徒[1]

THE SORCERER'S APPRENTICE

玛特小姐看上去就像高中一年级时每个人都有过的那种英语老师，对此她自己也有些自知。她娇小美丽，白皙精致，一把浓密柔顺的乌发总是高高盘在头顶，只留一些碎发垂到耳边。她声音低沉温柔，即便在与人争论时听起来也更像是小声恳求而不是尖锐批评。任何一个看上去规矩体面的 14 岁的浑小子都能轻易地通过她的课程。在过去的 10 年里，她几乎每天都要大声朗读艾略特的作品《织工马南》，用一支漂亮的蓝色铅笔批改试卷。虽已是年满 34 岁的熟女，却仍会因各种事而窘迫得满脸通红。

28 岁那年，她和另外两位高中老师（分别教授体育课和科学通论课）从纽约经巴拿马运河来到旧金山，她们仨到现在都还单身。如今玛特小姐最微小的愿望还没有实现，她一个人平静地住在

---

1 管弦乐谐谑曲《魔法师的学徒》是法国作曲家保罗·杜卡的作品，取材于歌德的同名叙事诗。

一套租金公道的简朴的两居室公寓里。公寓里有一个小厨房，客厅沙发上方挂着一幅塞尚画作的印刷复制品。她和房东太太很熟，两人偶尔会在房东太太一楼的公寓里一起喝杯茶，这是两位品位高雅的女士。然而，在她住在公寓的 6 年里，玛特小姐却从来没有遇见过一个邻居。

每周三下午玛特小姐的课都结束得比较早，她通常会回家打扫公寓，然后洗头发。之后，她会头裹毛巾，身穿一件中国丝绸家居服，坐下来静静地一边喝茶一边欣赏小型便携式留声机播放的《牧神午后序曲》和《魔法师的学徒》。遇到学校的工作不顺利或者未来显得格外暗淡无望时，玛特小姐会放纵自己痛痛快快地哭上半个钟头，然后，她会洗脸穿衣，去一家不错的餐馆用晚餐。

克里什纳来看玛特小姐的那天下午，她正在纵情痛哭。玛特小姐先是听到一阵猛烈的敲门声，在她举着手帕还处于惊讶中时，门被打开了一条缝。只见一个漂亮的小脑袋好奇地从门后伸进来，定睛望着玛特小姐。

停了一瞬，玛特小姐走到留声机旁关掉了音乐，她背过身去，这样就没人看到她的眼泪了。“你找我吗？”玛特小姐终于开口问道，随后又补了一句：“亲爱的？”因为来访者显然是个小女孩。

“玛丽安说我可以来这儿。”那孩子说。

玛特小姐镇定下来，用手帕轻轻地擦了擦眼睛，说：“有什么事找我？”这是多年来玛特小姐第一次和一个还没到高中一年级的孩子说话，她感觉自己甚至都不用顾及句法。

那孩子把门开得更大了，溜了进来并随手关上了门。她拿着一大本留声机唱片集，小心翼翼地把它放在玛特小姐的枫木边桌上。

“那些是你的唱片吗？”玛特小姐有些迟疑地问。

“玛丽安说我可以过来问问你，能不能用你的留声机放。”小女孩说。然后她又指着塞尚的画问:“那是什么？”

“那是一张图片。”玛特小姐说。

“我们也有。”孩子说，“我们有我爸爸的照片。”

“要坐下吗？”

那孩子转过身来，望着玛特小姐好一会儿，终于说:“好吧。你叫什么？”

“玛特小姐，”玛特小姐说，“你可以叫我玛特小姐。”

“我叫克里什纳。”孩子说。

“克里什纳。”玛特小姐坐下来，拿起她那杯茶，“你的全名是……”

“克里什纳·雷利，”孩子说，“我今年6岁了，我就住你楼下。”她和玛特小姐都低头看向地板，然后克里什纳继续说:“玛丽安说我可以来这里放唱片。”

“玛丽安是谁？”玛特小姐问，“她为什么允许你上这儿来？”

“玛丽安就是我妈妈啊。”克里什纳有些不耐烦地回答。

“我想应该可以吧。”玛特小姐有意使她的语气显得迟疑，好让克里什纳感觉到自己也有权拒绝她，但是她立刻意识到克里什纳大概并不认为自己是留声机的主人。于是她转而问道:“它们是什么唱片？”

“是我爸爸的唱片，”克里什纳骄傲地说，“我爸爸给我和玛丽安灌制的，如果你愿意的话，也可以一起听。”

玛特小姐站起来去拿那张专辑，但克里什纳说：“我自己拿。”她跑到房间另一边，把唱片集夹在胳膊下说：“这些是我的唱片。”

“我可以看看吗？”玛特小姐冷冷地问。

“不行。”克里什纳说。她爱惜地打开唱片集，拿出了第一张唱片。“这张是我爸爸在弹钢琴，”她说，“把那张唱片从留声机上拿下来。”玛特小姐默默地走过去，拿起《魔法师的学徒》并且换了唱针。克里什纳站在一旁，不耐烦地拿着她的唱片，她说：“我在家一直放留声机听，但现在它坏了，所以玛丽安说我可以来问你能不能让我听听我爸爸的唱片。”

克里什纳的下巴边缘只与留声机转盘齐平，只好不情愿地把唱片交给玛特小姐。玛特小姐仔细地检查了唱片，来回翻看后才把它放在留声机的转盘上。这是一张私人灌制的唱片，名字叫《市政厅》。在唱片一面的下方用墨水笔写着“詹姆斯·雷利，肖斯塔克维奇·波尔卡，1940 年 6 月”，唱片的另一面很平滑，没有沟槽。将唱片放下之前，玛特小姐又用手擦拭了一下。

“快放吧，”克里什纳忍不住说，“这张唱片上有我爸爸说的话。”她把脸倚在留声机的边缘等着，当玛特小姐正要把留声机的唱臂放在唱片上时，克里什纳咯咯笑起来：“这些唱片是从里面开始的，笨蛋。”于是玛特小姐把唱臂转到唱片的中央，等待着。留声机里首先传出一阵掌声，然后是短暂的停顿，接着是一个男人微弱的声音，他说：“……由肖斯塔克维奇演奏。”然后是更多的掌声。“那是我爸爸在说话。”克里什纳说。玛特小姐恭恭敬敬地等到钢琴响起，然后问：“是你父亲在弹奏？”

“他演奏了所有这些唱片，”克里什纳说，“他在音乐会上弹钢琴。”她提高了声音，语带挑衅地说：“他是有史以来最好的钢琴演奏家。”

玛特小姐坐在留声机旁的直背椅上。“要不要坐到沙发上？”她问克里什纳。

克里什纳庄重地走过去，坐在了沙发边上。在响亮的音乐声中，玛特小姐好奇地看着这个孩子。她是个非常漂亮的孩子，有着金色的鬈发，笑容甜美。有一瞬，玛特小姐甚至想知道她父亲是否也是金发。她问道：“你父亲现在在哪儿？”

“嘘，”克里什纳指着留声机说，“他在军队里。”

玛特小姐同情地点点头。

“他杀过人，”克里什纳说，“但他马上就不用再杀纳粹了。”说完，她夸张地叹了口气，接着说：“他过去常弹钢琴，当他杀死所有的纳粹分子后，就会回家再弹钢琴。”

“他弹得很好。”玛特小姐轻轻地说。

“还行吧。”克里什纳说。她的眼光在房间里转来转去，最后停了下来，问：“那是什么？”

玛特小姐站起来，从唱片上拿起留声机的唱臂，说：“我以为你想听你爸爸弹琴呢。”

“那是什么？”克里什纳又问了一遍。

玛特小姐转过身来说：“是个洋娃娃。”她有些恼火地问道：“你到底想不想听唱片？”

“我想要那个娃娃。”克里什纳说。她从沙发上滑下来，蹦蹦跳跳地穿过房间来到洋娃娃跟前。

“我在一个叫巴拿马的地方买了这个娃娃，”玛特小姐说，“是从一个和你年龄相仿的小女孩那里买的，她的妈妈做了很多这样的娃娃。我喜欢那个洋娃娃，我喜欢所有我自己的东西。”说完，她轻轻地提高了嗓门问：“还要我继续放唱片吗？”

克里什纳正伸手去够玛特小姐高高地放在书架上层的洋娃娃。最后，她踏着书架的最下层，用脚把书往后推，然后踮着脚尖，得意扬扬地抓住了娃娃。那娃娃全身软软的，用一个葫芦当头，一片红丝绸当衣裳。“我要把这个娃娃带回家。”克里什纳说。

“那是我的洋娃娃。”玛特小姐强迫自己镇定，站在留声机旁，“你随便拿别人的东西，妈妈会生气。”

“她不在乎。”克里什纳说。

“克里什纳，”玛特小姐说，“我不能把那个娃娃给你，请把它放回去。”

克里什纳转过身，有些意外地看着玛特小姐，说：“我就要。”

“那我就不让你在我这儿放你爸爸的唱片了。”玛特小姐警告说。

“随便，”克里什纳饶有兴趣地拉着娃娃的头，扯那红色的绸裙，“我听过很多次了。”

玛特小姐走过去，用手紧紧地按着娃娃，强硬地说：“把她还给我。”

克里什纳笑了，她从玛特小姐手里抢过洋娃娃，拿着它跑到房间另一头。“你是个疯老太婆，”她一边跑一边说，“你是个疯老太婆。”

“回你家去吧。”玛特小姐说。她深吸一口气，努力使自己平静下来，然后仰起头说：“你马上、立刻回家去。”

“就不，”克里什纳说，“你是个疯老太婆，疯子，疯子。”她故意把娃娃举到面前，撕下丝绸连衣裙，让娃娃掉在地上，然后啪的一声折断了头。玛特小姐看着克里什纳，下巴颤抖着，然后她走到留声机旁拿起唱片摔在地板上。“你不配有这样的父亲。”她说。

克里什纳又笑了起来，说：“我要去告诉玛丽安。我要告诉她，一个疯老太婆打碎了有我爸爸说话的那张最佳唱片。”

“随你怎么说。”玛特小姐说。她有生以来第一次语气尖锐。“现在，拿着你那些剩下的唱片给我出去。”她迅速抓住克里什纳的肩膀，使劲抓着她的肩膀，把她推向门口。她一边推一边拍打女孩的手，好让她把娃娃的残骸扔下。

克里什纳仍然笑着，固执地将身体贴在门框上，双脚支撑着抵挡玛特小姐愤怒的推搡。终于，玛特小姐把她推进楼道，砰的一声关上了门。随后她拿起唱片集，迅速地把它们放在门外，赶在克里什纳回来之前又砰的一声关上了门。当玛特小姐第二次大力关门并上锁时，克里什纳还在笑。但很快，当她意识到门不会再打开时，她的笑声突然变成了愤怒的号叫。玛特小姐靠在门上，分辨出她在门外反复地叫嚷：“我要那个娃娃！”最后，玛特小姐听到哭声渐渐消失在楼梯上，那孩子还在喊：“妈妈，让她把娃娃给我！”

“我得赶快。”玛特小姐想。她迅速地绕过地板上的唱片碎片走到破娃娃跟前，抓起绸裙和其他碎片。她环顾四周，犹豫了一下，然后走进厨房，打开水槽下面的碗橱，把娃娃的碎片放在肥皂盒和抹布后面。她想，我要告诉他们是那个坏孩子干的。如果我动作够快，我可以说全是那孩子干的。她匆忙地拿起刷子和簸箕，回到摔碎唱片的地方。唱片摔成了碎片，玛特小姐花了几秒钟才把它们扫到簸箕里。她一边扫一边想，我就说我要告她。她把簸箕里的碎片倒进一个纸袋里，然后把袋子也放进洗涤槽的碗橱里，和摔坏的娃娃放在一起。终于，她的房子恢复了整洁，没有了克里什纳来过的痕迹。她把沙发上的靠枕拍松，然后走进她的小卧室，心绪不宁地匆匆穿好衣服，语无伦次地重复道:“我要告诉他们是那个小孩干的，我就说我要告她。”

她把一顶帽子戴在还没有干透的头发上，把散落的头发塞在帽子下面，用很多发卡把散发别住。然后她穿上外套，竖起衣领，低下头，这样她的脸就会被遮住。最后，她拿起皮夹走了出去，悄悄地把门关上。她想，去看电影吧，电影院里比较黑。她下了第一段楼梯，来到楼下公寓的门口附近。在跑过楼道到下一段楼梯前，她还犹豫了一下。“待会儿再回来吧，”她想，“等他们都放弃找我之后。”

开膛手杰克

JACK THE RIPPER

那个男人在红绿灯下的拐角处犹豫了一下，然后沿着小街走去，步伐很慢，看着从他身边经过的寥寥身影。已近凌晨，街上和往常一样几乎空无一人。他继续沿着黑暗的街道走去，又停了下来——他看到人行道上好像有一个死去的女孩。那女孩几乎完全靠在一座建筑物的墙上；离她几英尺远的地方有一个酒吧的小招牌。看到这一幕男人又继续往前走了几步，然后又掉转头走向那女孩。

她醉得不省人事，当他试着摇醒她并想扶她坐起来时，她却无力地向后倒去，眼睛半闭着，双手绵软无力地摔到人行道上。男人站在那儿看了她一会儿，然后又转过身去，走进了酒吧。当他开门走进去的时候，看到酒吧里没什么人，只有三四个水手坐在长吧台的尽头，而酒保正和他们说笑，另有一个男人站在靠近门口的吧台边。扫视一圈之后，男人走进酒吧，站在门口吧台边的客人身旁。

“听着，”他开口说，“外面大街上躺着一个女孩。”吧台边的客人静静地看着他。

“我只是碰巧从这里经过，”刚进来的男人更急切地继续说，“我看到了她，我想最好还是做点儿什么。她不能就那样躺在街上。”然而吧台边的那位客人仍只是看着他。这男人继续说：“她只有 17 岁左右。”

“后面有个电话，”吧台边的客人终于说，“你打电话给市长好了。”

酒保步履轻松地走过来，脸上的笑容逐渐消失。他走到吧台的尽头，来到说话的男人身边，面无表情地站着、等待着。

“听着，”那人又说，“外面街上躺着一个十六七岁的女孩。我们最好把她弄进来。”

“打电话给市长，”酒吧里的客人又说，“他的电话号码就在电话簿上。”

“我只是路过，”那个人说，“看到她躺在那儿。”

“我知道。”酒保说。

“你提我的名字，”酒吧里的客人说，“告诉他是我让你打电话的。”

“我觉得她在那儿待着挺舒服的，”酒保说，“我把她的皮夹放在她身边了，一切妥当、方便。”接着，他温柔地笑了笑：“我希望你没有打扰她。”

那人微微提高了嗓门，说：“她不能一直躺在那儿。你不是打算就让她躺在那儿吧？”

“她会记得我的，”酒吧里的客人点点头说，“她不会这么快就忘记我。”

“她喜欢那里，”酒保说，“几乎每晚都睡在那儿。”

“可她还是一个十五六岁的女孩！”那人喊道。

酒保双手放在吧台边上，语气强硬地朝那个人俯身说道：“只要她愿意，她随时可以起来回家，没人要她待在那儿，让她起来回家吧。”

“他也想她快点儿走。”酒吧里的客人说。

“她每晚都来这里，回回都喝醉，”酒保接着说，“我时不时还给她一杯免费啤酒。难道还要我再给她租个房吗？”他往后靠了靠，语气柔和了下来，“她睡得像个婴儿，对吧？”说完，他突然转过身，走向坐在吧台里面那一端的水手们，对他们说：“又一个喝多了的。”

男人转过身去把门打开，仍然犹豫着。然后他出去了。酒吧里的客人在他身后喊道：“我说的话别忘了跟市长说。”

当他回到女孩身边时，他看到她仍然躺在原地，脸贴着人行道，膝盖靠着墙。她的皮夹放在她身旁的人行道上，男人捡起来打开：里面没有钱，只有一支两元店买的口红、一把钥匙、一把梳子和一个小记事本。男人把其他东西都放了回去，然后打开了记事本，在第一页上找到了女孩的名字和地址。翻到第二页，他发现了一个酒吧名单，大约有 20 个酒吧的名字和地址，有一些还标注了酒保的名字。又翻过几页之后，他找到了另一份名单，这一次是水手的名单，每个名字后面都备注着一艘船的名字及一个日期——显然是这艘船最近一次停靠纽约的日期。笔记本上的字写得很大，字体幼稚、漫不经心——偶尔还会拼错。记事本的后半本里夹着一张照片，照片上是一个女孩和两个水手。水手们在女孩两边，三个人的头靠在一起，都笑着。照片中的女孩看上去挺开心但并不吸引人。而此时她躺在地上，瘦瘦小小的，却显得可爱许多。男人把照片放回到记事本里，又把记事本放回皮夹。然后，他拿着皮夹，走到街角，挥手招来一辆出租车。他让出租车稍作等候，然后回到女孩身边，抱起她，把她送上车，然后自己也上了车。女孩瘫倒在座位上，那个男人不得不坐在角落里好给她让出空间。他把他在笔记本上看到的地址给了司机。司机抬起头从后视镜里看了看他、耸了耸肩，然后发动了汽车。

他们来到女孩的住址——这是一个很差的街区，又旧又脏。司机停下车说："就是这里，先生。"然后他转过头来看着女孩，有些犹疑地说："需要我帮忙吗？"

男人抓住女孩的腿往外拉，直到她的双脚能够到地面，然后扶住她的腰，把她抱起来扛到肩上。他一边扛着她，一边从口袋里掏出零钱付给司机，继续抓着她的腿走进了房子里。

一楼大厅里点着煤气灯，楼梯又窄又陡。上楼后，男人先用指关节礼貌地敲了敲第一扇门，然后他又摆动肩上扛着的女孩的腿，用她的脚使劲踢门。

终于，从门里传来一个女人的声音："什么事？"然后，门开了一条缝，女人把脸伸出来，然而光线太暗，男人看不清她的样子。她问："那是谁？罗斯？她住在六楼，右边最后一扇门。"门又关上了。男人打量着楼梯，心想，走廊太窄，放不下女孩，所以他只好又紧紧抓住她的腿，继续上楼。他每上一层就得停下来喘口气，快到六楼时，他的呼吸越发沉重起来，缓慢地移动着双脚一步步挪上台阶。爬上最后一级台阶之后，他在墙上靠了一会儿，好稍稍转移女孩的重量，然后才接着走向右边的最后一扇门。他把女孩放在地板上，打开她的皮夹，拿出钥匙，打开了门。门厅里太黑了，看不清房间的陈设布局，他点燃一根火柴，走了进去，想找到可以照明的东西。点了三根火柴后，他终于找到了一支蜡烛。他点燃蜡烛，将烛泪滴在梳妆台上，固定住了蜡烛。这房间不大，仅放得下一张帆布床和一张梳妆台。房门后有三个钩子，上面挂着一件破旧的真丝和服和一双长筒袜。床垫上有一条毯子还有一个脏枕芯。梳妆台上有几枚发卡和一包火柴。男人逐一打开梳妆台的四个抽屉，除了最上面的一个抽屉里有一个开瓶器和几个啤酒瓶盖外，其他的抽屉都是空的。检查完房间后，他走到外面，从腋下架起留在外面的女孩，把她拖进了房间。他把她丢到床上，将毯子扔到她身上。然后，他打开她的皮夹，拿出记事本，翻找到那张照片并把它放进了口袋。接着，他把钥匙和皮夹放在了梳妆台上。最后，在吹灭蜡烛之前，他拿出了他的小刀——它有一个抛光的骨柄和一个长而锋利的刀片。

*

男人在公寓附近的街角搭了一辆出租车，给了司机一个东 70 街区的地址，几分钟之后就回到了家。走出公寓的电梯时，他停了一下，看了看自己的双手和鞋子，小心翼翼地从袖子上择下一截线头。然后，他拿钥匙打开家门，轻轻地走进卧室。当他打开灯时，他的妻子在床上动了动，然后睁开眼睛，嘟囔着:“现在几点了？”

“很晚了。”他说，然后走过去吻了她。

“怎么这么晚？”她问。

“会后我去喝了几杯。”他说。他走到梳妆台前放下钥匙，看着高塑料相框里妻子的照片。他伸手到口袋里，摸到了那女孩和两个水手的合影，默想了一会儿。然后，他走到妻子的梳妆台前，用她塑料手柄的指甲剪把两个水手剪掉，只留下那女孩一人。他把照片的残片夹进相框的下角，然后点燃一支香烟，站在那里看着它。

“你不上床睡觉吗？”他妻子睡意蒙眬地问。

“待会儿，”他说，“我先洗个澡。”

美丽的陌生人

THE BEAUTIFUL STRANGER

还在火车站时，那种陌生感就露出了端倪。她带着她的孩子们——小约翰和还是个婴儿的小女儿——去车站迎接从波士顿出差回来的丈夫。不知道为什么，她一直害怕会迟到，担心自己看起来并不像是急于见到已经分开一周的丈夫。她给孩子们穿戴好，在火车到站前半小时就把他们放进了车里。结果就是他们不得不在车站等上很长时间。最终，这场本该在站台上演的、由全家拥抱丈夫和父亲的温情团聚成了一场不合时宜的尴尬表演。小约翰的头发乱蓬蓬的，身上也黏糊糊的。小女婴开始发脾气，扯着她的粉红色帽子和那件精致的蕾丝边连衣裙不住地哭闹。火车到站时，他们几个人正乱作一团：玛格丽特正忙着把丝带系在婴儿的帽子上，小约翰爬上了汽车后座的靠背。母子三人从车里爬出来，火车的声音吓得他们缩成一团，心情很是糟糕。

约翰站在火车车门处的台阶上向他们挥手。和他的妻子还有孩子们不一样的是，他看上去准备充分、井井有条，仿佛煞费苦心地安排了这次令人轻松的会面。他就那样站在台阶上挥手，时间漫长得像是过了半小时之久，以保证别人不会看到自己尚未准备好的样子。但他的手并没有举得太高，避免让人感觉他过于热情。

他妻子觉得怪怪的，仿佛失去了对时间的感觉。现在她抱着婴儿站在站台上，小约翰站在她身边，她却一时有些恍惚，反应不过来他们站在这里到底是要迎接她丈夫回家还是要跟他道别。他走前，他们一直在吵架。他不在的那个星期里，她本来决心忘掉自己曾受到的惊吓和伤害。她一直告诉自己，这是理清思路的好时机，约翰不在的时候，她可以试着重新控制自己的情绪。但如今她连丈夫是回来还是离开都有点儿弄不清了，她又开始感到害怕，竭力应付着这种令人窒息的紧张气氛。她本以为她可以诚实地面对自己的情绪，但显然这行不通。但当他走下火车的台阶，朝他们走过来的时候，她笑了，将怀里的婴儿抱得更紧了一些，以便那小小的温暖给她的笑容带来一些真正的温度。

她一边想着这样不行，一边绽开更加亲切的笑容。当他走到她面前时，她对他说了声“你好”。她怀着心事吻了他一下。当他拥抱她和小婴儿时，那孩子却躲着他，使劲挣扎着、尖叫着。大家都有些气恼，婴儿又踢又叫，大喊着：“不、不、不！”

玛格丽特说道：“你就这么问候爸爸啊？”她轻摇着婴儿，话语里半是玩笑半是感激孩子的帮忙。于是，约翰转向小约翰，把他举了起来，小约翰不由自主地又踢又笑，大喊着：“爸爸，爸爸！”另一边小婴儿则继续尖叫着：“不要，不要！”

婴儿的尖叫声让人实在没办法好好说话，大家只好无奈地转身向车走去。当婴儿回到车上的粉红色篮子里，而小约翰拿着一根新的棒棒糖坐在她身旁时，一切突然静了下来。这寂静让人心慌，必须尽快说点儿什么打破这寂静。玛格丽特在后座哄孩子的时候，约翰已经坐到了司机座上。当玛格丽特坐在副驾驶上，看到他的手放在方向盘上时，心中突生一股冷漠的恨意。她想，我无法忍受再做出更多的让步了。一个星期以来，除了我，没人动过这台车。她也知道这么想没道理，毕竟这车也有约翰的一半。所以，她打起精神，兴致勃勃地对他说："你路上顺利吗？天气怎么样？"

他说："非常顺利。"但她又一次被他那热情洋溢的语气激怒了。如果她对这辆车的独占欲不近情理，那么他在外过得这么开心，是不是也不太说得过去。"一切都很顺利。我肯定已经拿下了合约，大家都很满意。两周后我会再过去敲定细节。"

"这转折还真是让人恼火。"玛格丽特暗想，"他为了让我忽略更多的细节，如此匆忙潦草地带过整件事情。我理应为他拿到了合约而高兴，也应该为大家都满意而开心。而至于他还要再次出差的事，应该就可以被我满不在乎地忽略了。"

"到时候，也许我可以和你一起去，"她说，"你妈妈会把孩子们接过去的。"

"那也好。"他说，但为时已晚，因为他说话前明显有些犹豫。

"我也想去，"小约翰说，"我能和爸爸一起去吗？"

他们回到家，玛格丽特抱着孩子，约翰提着手提箱，和小约翰愉快地争论着他们谁抬的那一头更沉。房子已经打扫过，玛格丽特已经尽力把房子整理干净，不让房子杂乱，让人一看就知道她是那种能够独自一人带孩子的妻子。小约翰随手乱扔的玩具被捡了起来，放在厨房暖气片上烘烤的婴儿衣物（反正约翰不在家的时候也没有客人来拜访）也收好了。玛格丽特心想，这房子虽然没有什么特色，不是为特定人群所准备的，但房屋小巧，井然有序，也只适合于那些教养得当、干净整洁的人，也还可以算作一个家，甚至算得上是一个幸福和睦的家。她把婴儿放进婴儿围栏，手里拿着婴儿的帽子和外套转过身来，看见她的丈夫正弯腰低头听小约翰说话。那是谁呀？她突然感到陌生。是他变高了吗？那不是我的丈夫啊。

她笑了，他们都转过身，小约翰有些好奇地看着她，而她的丈夫马上非常聪明地表示承认。她想，奇怪，那不是我的丈夫。他知道我已经看出来了。她并不感到惊奇，30 秒钟以前，她还以为这样的事情是不可能的，但既然现在显然是可能的，那么惊奇就毫无意义了。面对这样的情景，还应当有其他情绪，但她起初只隐约感受到一种情绪。她的心怦怦直跳，她的手不住颤抖，手指冰凉。她双腿发软，只好抓住椅背让自己站稳。她发现自己还在笑，接着就被这种情绪占据，她知道那是什么——那是解脱。

“你来了我很高兴。”她说。她走过去，把头靠在他的肩膀上，说：“在车站时很难说出‘你好’。”

小约翰看了两人一会儿，然后去了自己的玩具箱那边。玛格丽特想道，这不是那个总爱惹我哭的人，我不需要害怕。她屏住呼吸，一言不发——一切尽在不言中。

她那天余下的时间里一直都很开心。从恐惧和不幸的重压中解脱出来让她心情很愉悦。知道不会再有任何怀疑和仇恨，让她得到一种纯粹的喜悦。当她叫他“约翰”的时候，仪态端庄，因为她知道他是她隐秘快乐的一部分。当他礼貌地回应她时，她也感到他的话里隐藏着一丝笑意。他们似乎都清醒地意识到，此时提起这个话题不合时宜，甚至会破坏气氛。

晚餐气氛欢快。约翰本来不想给她调鸡尾酒，但当她把孩子们哄睡后下楼时，发现那个“陌生人”在楼梯边等着她。他对她微笑着，牵着她走进了客厅，壁炉前的矮桌上放着调酒壶和玻璃杯。

“真好。”她说。她很庆幸自己花了一小会儿时间去梳了梳头发又补了口红，也很高兴看到她和约翰一起选的咖啡桌、约翰生过很多次火的壁炉以及约翰有时小憩的矮沙发，对于招待这位“陌生人”来说都很优雅、得体。她坐在沙发上，当他递过来一只酒杯时，她冲他露出了笑容。所有这一切都带有一种奇特的、犯规的刺激感——她在“款待”一个男人。他给了她一杯既不加橄榄也不加洋葱的马提尼，那正是她喜欢的调法，却小小地破坏了原有的气氛——严格来说，他不应该知道这一点。但是她又安慰自己，他在来之前当然是费心做好了功课的。

他微笑着向她举杯致意。她想，他出现在这里的唯一原因就是我。

“很高兴来到这里。”他说。在回家的车上，他曾试着模仿约翰的声音说过一次。当他知道她已经认出自己是个陌生人后就再没有说过“回家”或“回来”之类的话。当然，她也说不出这样的话，除非她撒谎。她把手放在他的手心上，靠着沙发，望着炉火。

“孤独是世界上最糟糕的事。”她说。

“你现在不寂寞了吗？”

“你要走了吗？”

“除非你跟我一起走。”他模仿着约翰的腔调，这让两人都笑了。

晚餐时他们坐在一起。以前她和约翰总是端端正正地坐在桌子的两端，礼貌地请对方递给自己盐和黄油。

“我要在那边放一小套架子，”他说着，朝餐厅的角落扬了扬头，“那儿看起来空荡荡的，需要放点儿东西，有象征意义的东西。”

“放什么好呢？”她喜欢看着他。她觉得他的头发比约翰的黑一点儿，他的手也更有力，感觉可以做出任何他想做的东西来。

“放一些属于我们俩的东西。一些我们都喜欢的东西，小巧精致的漂亮摆设，比如象牙。”

和约翰在一起时她会想要马上提醒他，他们买不起这么精致漂亮的东西，然后很无趣地结束讨论。但现在她对陌生人说：“那我们得好好找找，合意的摆设可不好找。”

“我见过一个小摆设，”他说，“是一个小矮人的造型，身上涂着紫色、蓝色和金色。”

*

她记住了这次对话，这其中所蕴含的真相就像是镶嵌在夜空中的宝石。很久之后，她告诉自己，这就是事实，约翰不可能说这样的话。

*

她很快乐，容光焕发、没心没肺。第二天早晨，他顺从地去了办公室。在门口他说了声再见，脸上带着一丝懊悔的笑容，似乎在自嘲现在必须做约翰以前一直做的事。她看着他渐渐走远，心里想不能一直这样。和约翰分别并不会有什么感觉，但她无法忍受每天与他分开这么久；再者，如果他继续按照以前约翰的方式生活，他可能会在不知不觉中变得越来越像约翰。“我们只能离开这里。”她想。她高兴地看着他上了车，只要他一直做她的“陌生人”，她就很乐意把曾属于约翰的一切——所有的一切，都和他分享。

她笑着做完家务，笑着给婴儿穿上衣服。她开心地打开了他的手提箱。那手提箱被他随意地放在了卧室的角落里忘了打开，仿佛如果她未如他所料地那样留下他，他就准备拿起它马上离开似的。她将他的衣服收好，自然地就像收拾约翰的衣服一样。在壁橱前她突然想到，约翰的东西对他来说会不会有点儿敏感？然后她对自己说不会，只要他先从约翰的妻子开始适应就好了，然后又笑了起来。

小女儿一整天脾气都很大，但小约翰从幼儿园回到家后的第一件事就是一边急切地找寻一边问：“爸爸在哪儿？”

“爸爸去办公室了。”她又笑了，脑海中浮现出这滑稽的画面会给约翰带来怎样的羞辱。

*

白天，她数次上楼去看他的手提箱，轻轻地抚摩着那皮革。当她穿过餐厅时，她总是不禁望向墙角那块即将放置陈设架的地方，在心里念叨，我们会找到那个小小的涂着紫色、蓝色与金色涂料的小矮人人偶，将它放在架上，以保佑我们不受侵扰。

孩子们午睡醒来后，她带他们出去散步。一旦离开家，就感觉自己猛地回到了以前那种孤独的生活方式（和孩子们一起散步，毫无意义地谈论爸爸，盼望晚上有人陪她说话，努力克制自己不要因为想着“他可能打电话回来”而匆忙赶回家），她又开始感到害怕了——假如她错了呢？她不可能弄错了，如果今晚回家的是约翰，那对她将是难以言喻的残酷。

然后，她听到停车的声音。她打开门向外看时，心情又好了起来，暗自想道，不，那不是我丈夫。她从他的笑容中看出他已经察觉到她的疑虑，可是他显然是那个陌生人。看到他，任何言语都变得多余。

那天晚上，反而是自己问了他一些几乎毫无意义的问题，而他的回答之所以重要，是因为她会把这些答案收藏起来，在他不在的时候宽慰自己。她问他大学里教莎士比亚的教授叫什么名字，问他遇见自己之前喜欢的那个女孩是谁。他微笑着说他不知道，而且即便她告诉他答案他也不知道是谁的时候，她高兴极了。还好，他没有费心去熟知过去的一切。他知道的信息已经够多了（孩子们的名字、房子的位置、她喜欢喝什么鸡尾酒），足以用来找到她，之后的一切就无关紧要了。因为要么她让他留下，要么她就会把约翰找回来，再把他打发走。

“你最喜欢吃什么？”她问他，“你喜欢钓鱼吗？你养过狗吗？”

“今天有人跟我说，”他说，“他听说我从波士顿回来了。而我还清楚地记得他说，他听闻我死在了波士顿。”

他也是孤独的，她悲伤地想：“这就是他来的原因，带着命运而来，现在我每天晚上都会看到他走进门来，想着，这不是我的丈夫；等着他的时候，想着，我在等一个陌生人。”

“不管怎样，”她说，“你并没有死在波士顿，其他的都无关紧要了。”

第二天早上，她带着一种温暖而自豪的心情看着他离开，然后她做了家务，又给女婴穿上衣服。小约翰从幼儿园回到家时，没有再发问，只是用眼睛四处快速地搜寻一番，然后叹了口气。孩子们午睡时，她想，今天下午可以带他们去公园，然后又想到了另一个同样的下午，一个漫长的只有孩子们相伴的下午，一个寡居的下午。这一切让她无法忍受。她想，我已经忍了这么久了，今天我必须见一见除了孩子们之外的人，谁都不该这样孤独。

她迅速地行动起来，穿好衣服，整理好房子。她打电话给一个女高中生，问她是否愿意带孩子们去公园。她忘了交代那些需要注意的无数个细节，例如应该给小女婴穿什么样的外套、小约翰能不能吃爆米花以及应该什么时间带他们回家，但并不感到内疚。她逃走了，心里想着，我必须要见一见别人。

她乘计程车进城了，因为她唯一能想到的事就是给他买一件礼物，她给他的第一件礼物。她想她也许会找到那个人偶，那个全身涂满蓝色、紫色和金色的小东西。

她在镇上陌生的商店里逛来逛去，为家里的陈设架挑选一些可爱的小玩意儿。她仔细地、挑剔地看着那些象牙制品、小雕像以及一些色彩鲜艳却毫无意义的昂贵玩具，一些适合送给这个陌生人的玩具。

当她提着大包小包回家时，天已经快黑了。她从计程车车窗看向漆黑的街道，愉快地想着，那个陌生人应该会在她之前到家，从窗口里看到她正急急忙忙地向他走来。他看到她过来时会想，这是一个陌生人，我在等一个陌生人。“在这儿，”她轻轻地敲着玻璃说，“就在这儿停车，司机师傅。”她下车，给司机付了钱，车开走的时候她笑了。她想，我一定状态不错，司机刚才也朝我笑了。

她转过身来，朝屋子走去，然后犹豫了一下：刚才车是不是开过地方了？这不可能啊，她想，这不可能。但我们的房子是白色的吗？

夜色很黑，她只能看见一排排的房子，它们前方还有大排的房子，而这些房子前面仍然有一排排的房子。这里面有一栋房子是她的家，里面住着一个美丽的陌生人，而她却在外面迷路了。

她只说“是的”

ALL SHE SAID WAS YES

你能做什么呢？霍华德和多丽总是说我过于敏感、容易激动。但实际上，连霍华德也不得不承认兰森家的事来得真不是时候。直截了当地说出事实虽然让人难以接受，但我宁愿坦白一点儿，不愿含糊其词。这事不管放在什么时候都会让人糟心，但发生在这个时间点真的让我特别愤怒，因为它毁了我们的缅因州之行。

我们和兰森夫妇——唐和海伦——已经做了 16 年邻居。在我家多丽和他家薇姬出生前，两家就住隔壁。作为邻居，两家的女儿又一起长大，大家的关系足够友好了。不过倒也不是一直相处甚欢，而且坦白说，兰森家认识的一些朋友对我们来说也有点儿过于浮夸了。此外，他们还总是不介意自曝隐私并且希望我们也事事分享。一想到 16 年来我们都没有一点儿隐私，我就备感困扰。我喜欢友好的邻里，但有时候这种亲密实在是有点儿过头。我曾和霍华德说，海伦·兰森总能知道我们晚餐吃什么，当然，反过来也是一样；每当兰森夫妇吵架的时候，我们就得关上窗户躲到地下室里去，以免听到他们的口角。即使这样，第二天早上海伦·兰森也一定会过来，靠在我的肩膀上哭诉。我希望新邻居们更加——嗯——更加内敛一点儿吧。

事情发生后，我和霍华德当然都很难受。霍华德和州警出去了，我主动提出要过去告诉薇姬。你应该能想到，我不喜欢做这种事，但总得有人去做，而且我是看着薇姬长大的。我很庆幸多丽去参加野营了，不然她会很伤心，毕竟是从她出生就住在隔壁的邻居。那天晚上，当我去按门铃时，我真的无法想象那孩子听到消息后会有什么反应。尽管常有新闻报道男人闯入独居女孩的房子，但对于他们夫妇把一个 15 岁的女孩一个人留在家里这一点，我也没多思虑。我想海伦应该是觉得我们就住在隔壁，可以放心吧。毕竟我们从不像兰森夫妇那样几乎每晚都出去。

然而，薇姬其实不是个小心谨慎的孩子。那晚我一按门铃，她就把门打开了，甚至都没问是谁，也没确认一下门外是不是个陌生男人。我就从不让多丽晚上给人开门，除非她知道是谁站在门外。好吧，我还是直接说出来吧——我不喜欢薇姬。即使在那天晚上，知道她将要承受的一切，我也没办法喜欢她。当然，我为她感到很遗憾，同时我一直在想告诉她这个消息之后我该怎么应对。她粗壮、笨拙又难看，我实在无法想象自己得搂着她安慰她——一想到要轻拍她的手、抚摩她的头发，我就觉得反感，但我是唯一合适的人选。从家里过去的路上，我就一直在想该怎么说，然后当她打开门，愣愣地站在那里看着我时——她从来不跟人打招呼，说声“你好”，她不是那种主动的人，你懂吧？——我几乎失去了开口的勇气。最后我问她我能不能进来，因为我得和她谈谈。她也只是把门敞开了，站在一边。我进屋之后，她关上了门，站在原地等着。嗐，我对她们家就像对自己家一样熟，所以我直接走进客厅坐了下来，她也跟在我后面坐了下来，看着我。

嗯，单刀直入更好，所以我试着先说了一些温和的话。最后，我非常严肃地说："薇姬，你得坚强些。"

然而她似乎并没理解我的话，只是坐在那里看着我。我突然想到，也许所有不寻常的骚动，比如霍华德半夜突然开车出去，我们家的灯都亮着，还有我突然来她们家，都可能让她已经感觉到出了事，她甚至可能已经猜到这事和她父母有关。所以，我想她越早听到真相越好。于是，我说："薇姬，发生了意外。几分钟前，州警察局的警员阿特金斯打电话给我们，因为他知道你一个人在这里，他想找个人陪着你。"我知道这样绕弯子也不是好办法，但我宁愿坐在那里一直谈论这个话题，也不愿说出我接下来要说的话。我深深地吸了一口气，然后说："是你的父母，薇姬，他们出了车祸。"

唉，到目前为止，她一个字也没说，自从我进门以后，她一个字也没说，现在她也只说了一句："是的。"

我预料到她可能会受到惊吓，所以很庆幸霍华德在离开之前就打电话给哈特医生，请他来帮我照顾薇姬。不知道医生还要多久才会来，我有点儿着急，因为我根本不擅长照顾身心不适的人，肯定会做错事。我一边盼着医生来一边说："他们总是开得太快……"她回答说："我知道。"我坐在那里等着她哭泣，或者做出这个年纪的女孩听到父母去世时会有的反应。然后我想起她还不知道他们都死了，只知道他们出了车祸。所以我又深吸一口气，说：“他们都……”我说不出那个字眼。最后，我终于说：“走了。”

“我知道。”她说。看来我没必要担心。

“我们感到很遗憾，薇姬。”我说，不知道现在是不是该过去拍拍她的头以示安慰。

“你觉得他们料到自己会死了吗？”她问我。

“呃，我想没人能料到……”我刚开口就发现她其实没在听我说话。她低头看着自己的手，摇摇头。她说：“你知道吗，我已经告诉过他们了。几个月前我就告诉妈妈会发生车祸，他们会死。但她不听我的，从来没有人听我的。妈妈说这只是青春期的幻想。”

好吧，海伦·兰森就是这样说话的。“青春期的幻想”是她典型的措辞，装出对孩子坦诚相待的样子。当然，这不关我的事，但我可以告诉你，多丽做错事就会挨巴掌，而且也没什么心理术语让多丽认为是我做错了什么。“我想大家都提醒过他们，”我对薇姬说，“我也跟海伦说过这件事，像那样开车迟早会出事。”

“从那时起我就不再担心了，”薇姬说道，好像觉得不必自责，“我提醒了妈妈，她却不相信我。我甚至还告诉她我得去英国伦敦和辛西娅姑妈一起住。”薇姬对我笑了笑，接着说：“我会喜欢伦敦的。我要去那儿的一个大学校上学，努力学习。”

好吧，据我所知，伦敦的辛西娅姑妈甚至还没有接到通知。但如果这个孩子能在听到自己父母车祸去世的消息之后不到 5 分钟就冷静下来，为她的未来做计划……嗯，我也只能说，也许海伦·兰森的心理引导法有效，但她自己也许并不会喜欢这样的效果。如果我发生什么事，我希望我女儿能优雅地坐在那里，为我流泪。不过，如果以善意来揣度，薇姬的表现可能是因为受到了惊吓。

“这是一件可怕的事。”我说，心里着急医生还要多久才能来。

“辛西娅姑妈星期二才会到，”她对我说，“她乘坐的第一架飞机将会由于引擎故障而不得不返航。我很抱歉打乱了您去缅因州旅行的计划。”

我很感动。这个女孩，在经历了一场对孩子来说最可怕的灾难之后，还能想到我们的缅因州之行。对我们来说这确实是倒霉透顶的事，但你不能总是期望一个孩子从大人的角度看问题。尽管这孩子没有为她的父母流一滴眼泪，我仍然对她能为他人着想而感到宽慰。“别放在心上。”我告诉她。在隔壁邻居死于车祸后的第二天早上，我们当然不能动身去缅因州了，但薇姬操心也没用。“请不要因此而难过。”我说。

“下半年你就不能去了，因为那时候旅馆里太冷了。你得改去别的地方了，但请千万不要坐船去，千万。”

“当然没问题。”我说。我不想让医生进来时发现我们在谈论我自己的事情，所以我说：“在你姑妈来之前，你过来和我们住吧。”

“住多丽的房间。”她说。

说实话，我还没有考虑过，但多丽的房间当然是最好的安排。你永远不知道什么时候需要用客房，而多丽反正要去露营两周。“这段时间你就来充当我们的小女儿吧。”我说，一边琢磨着这样说合不合适——听起来确实挺傻的——然后又想，也难怪，毕竟我和她一样受到了很大的惊吓。接着，我听到医生的车停在了屋外。对我来说，这真是一种解脱。我仍然觉得一个孩子在听到这样的消息时仍然静静地坐在那里，甚至都没有惊跳起来，是不正常的。

我让她和医生在一起，然后就去了楼上。我说过，我对这房子像对自己的房子一样熟悉。我想找些日常用品让她带到我家去。当然如果还需要什么，我可以早上再过来拿。于是我只从抽屉里拿出一套干净的睡衣，从壁橱里拿出一件比较新的校服。从明天起她会见到很多人，我想尽量把她打扮得整齐干净一点儿，这对她没坏处。接着，我从浴室里把她的牙刷拿出来。我虽然不是个爱干家务的人，但如果我家的浴室像海伦·兰森家这个样子，我也会觉得丢脸。我想到也许她还有玩具狗或洋娃娃之类的东西可以安慰她。多丽已经 15 岁了，但她还留着一只小时候我送给她的蓝色小狮子。只要看到她带着她的蓝狮子上床睡觉，我就知道她心情不好了。但让人吃惊的是这孩子的房间里什么都没有。当然了，房间里有书、一张她父母的照片、一套绘画颜料还有一套游艺玩具，但……没有任何让人觉得温馨的东西。最后，我拿起了她的枕头，下面有一个红色封面的小笔记本，像是上学用的笔记本。既然把笔记本放在她的枕头下面，我想那一定是她珍视的东西。我在多丽的枕头下也看见过类似的日记本。当然我从没有看过里面的内容，但我知道如果多丽认为有人拿了她的日记本就会变得情绪激动。我想也许薇姬希望保管好这个笔记本，所以我把本子和一双干净的袜子一起裹在睡衣里。又想了想（以己度人，我也希望我的多丽得到这样周到的照顾），然后把她爸爸妈妈的照片也放了进去。下楼时，我看见她还坐在那儿，和医生在一起。当我走进房间时，医生看着我，耸了耸肩，我想在他面前她仍然没有流泪。我和医生一起走进大厅，他告诉我他已经给薇姬打了镇静剂，我说我会带她去隔壁，让她睡多丽的床。“她似乎并不在乎。”我跟他说。

“有时要过一段时间才表现出来，”他说，“事情太可怕，她可能一时无法接受。希望明天她能有所反应，明天早上我会再来看她的。”

关上所有的灯、锁好了门，我拿起薇姬的东西，把她带到了隔壁。回到自己的房子里，我松了一口气，尽管我承认当我看到房间里收拾停当的箱子时还是感到一阵刺痛。我们原计划一大早就出发，可现在我得把所有东西都重新放回去。我问薇姬想不想喝杯热可可，她说好——她总是胃口很好——所以我给了她一杯热可可和一块美味的巧克力蛋糕，然后把她留在了厨房，上楼帮她整理多丽的房间。我把多丽的很多东西拿了出来，因为不知怎的——我不想显得很刻薄，但又忍不住这么想——我无法想象那个粗壮迟钝的女孩睡在多丽漂亮的小照片、洋娃娃、项链和舞蹈纪念品的中间。她睡多丽的房间就像多丽要在玩偶屋里睡一样，让人感觉很不相配。我把床整理得整整齐齐，床上放着多丽的蓝色小狮子——反正多丽回家之前也得清洗它——随后我把她带到楼上，在房间外等她换好衣服。进去给她盖被子的时候，我已经下定决心，要毫不犹豫地亲吻她并道晚安，毕竟现在除了好心收留她的邻居，这个女孩在这个世界上已经没有依靠了。我走进房间时她已经躺在床上了，可能是医生的镇静剂或者我的热可可起了作用，她看起来昏昏欲睡，也已经吃饱喝足，像刚刚吃下一只老鼠的大猫。不夸张地说，多丽的床对她来说有些小。不过，她还是尽力表现得坚强。当她从枕头上转过头来看到我时，她微微一笑，我还以为她可能要哭了，但她只是说:“我确实已经告诉过他们了，两个月前我就知道会发生这事。”

“我知道，”我说，“但今晚别再想这事了。”

“他们不相信我。”

“好吧，这当然不是你的错，但你老是想着这件事对你没有任何好处。现在你得睡觉了。”

“我早就知道了。”她说。

“嘘。”我说着关掉了灯，走过去吻她并道晚安。她仰着头看着我说:“别坐船。”她老是莫名其妙地把我和船联系在一起。在最初的几天里，当她的思想如此混乱和迷茫的时候，她已经提过不下五六次了。我猜想她听到了什么，或者海伦和唐说过什么——也许是他们最后对她说的一件事；人们总是记得这样的事情——可能是关于我的；天知道，他们谈论我们谈得够多了。不管怎样，我告诉她不要再担心船的事了，一切都会好起来的，最后我弯下身子，吻了吻她那雪白的大额头，说:“晚安。”

“晚安。”她说。我打开了多丽的夜灯，以免她在夜里醒来时忘了她在多丽的房间里。然后我关上门下楼来等霍华德。

他进门的时候感觉很糟糕，我也给他做了一杯热可可。他喝热可可的时候，我们坐下来说起缅因州之行。“现在肯定去不成了，”我告诉他，“那姑娘就在楼上。她姑妈不来，我们哪儿也去不了。”

“他们已经通知了孩子的姑妈，”霍华德说，“警察局给她发了电报。”

“一想到还要重新打开行李我就生气，我还为旅行买了漂亮的绿色毛衣。”

“但如果我们把那女孩一个人扔下就这样走了会显得不太好。”

“是啊，”我说，“这件事真可怕，”我告诉他，“当然不论什么时候发生都很糟糕。但谁能知道会在这个时候出事呢？”

“那也没办法，我们得另做打算。她睡着了吗？”

“我想她应该是睡着了。我给了她一些热可可。那姑娘居然一滴眼泪也没流，这事也让我烦心。”

“那样的孩子有时心里更难受。”

“也许吧，”但我不这么认为，“明天咱们不用早起出发了吧。”

看到霍华德把那些箱子搬上楼，我真想哭。但他叫我振作起来。他说：“遇到这事的确倒霉透顶，不过我们可以再筹划。”

第二天事情很多。首先，我得打开那些箱子，把所有的东西都重新收好，以免起皱。而且，我觉得我得去兰森家帮忙整理一下——海伦·兰森总是把家里弄得一团糟，即便在她家水槽里发现没洗的餐具我也不会感到意外。那个女孩一根手指都不会碰那些碗的，我如今算是知道了，因为她住进我家后什么活都没干。我没法想象海伦·兰森跟在她后面帮她收拾房间，所以我猜是薇姬自己把房间打扫得干干净净。但在我家，她从来没有整理过多丽的床，吃完饭后从来不会把盘子拿到厨房，也从来没有提出帮忙扫地或吸尘，尽管有一半的脏乱都是她造成的。

当然，我只能原谅她，因为她受到了可怕的打击。但我希望我的多丽无论发生了什么事都举止得体。我的意思是，即使我死了，如果知道女儿没有忘记我教她的礼仪与教养，也会让我感到安慰。

薇姬在别人跟她说话的时候多半根本懒得应答。那天早上，我问她需不需要我帮她从她家拿些东西，她只是看着我，也许那里没有她想要的东西。我想她姑妈会清点一切。海伦·兰森有一些不错的瓷器，还有一套酒杯，我愿意不惜一切代价去换，那是她祖母传给她的。本以为即使是薇姬这样的孩子也知道这些东西的价值，但当我提到它们并表达出我多么渴望拥有时，她也只是盯着我看。我把兰森家的东西整理好，给薇姬拿了些衣服，然后把所有东西锁得严严实实，把钥匙都带回家放在了壁炉架上。这样她姑妈一来，我就能马上找到钥匙。如果我是另一种人，我今天就可以拥有那些酒杯，而且没人会知道。

我肯定白天一定会有人来。兰森一家很受欢迎，很多朋友可能会来看看薇姬是否安好，我有没有让她挨饿，有没有打她什么的。你可能会想，他们家那么多朋友，应该有人会挺身而出带走那个女孩，这样我们就不用被她拖累了。但我们向来是救人于危难的，正如霍华德所说，现在就撇开关系显得不太好。医生说薇姬情况还好。她早上大部分时间都在多丽的房间里看多丽的书。午饭后，我叫她穿好衣服，梳头，下楼来坐坐。如果有人来的话，我只想让她看起来体面些，幸好她还有一件深色的连衣裙可以穿。赖特太太很早就来了。她住在这条街上，刚听到消息。她抽泣着，大部分时间都用手帕捂住脸。她拍着薇姬的手，说真是太让人难过了，太伤心了！薇姬只是看着她。于是过了一分钟左右，她放弃了，跟着我到厨房去喝茶，说：“出事之后她一直是这样吗？”

“不，”我说，“她整晚都在睡觉。”

“她哭了吗？”

“一滴眼泪也没有。”

我把杯子拿出来。赖特夫人是十分不好伺候的人，招待她最少也要有茶和巧克力蛋糕。我想如果兰森夫妇的时髦朋友们晚些时候来访，就意味着要准备鸡尾酒、薯片、饼干和腌渍橄榄之类的好东西招待。“发生这样的事太让人难过了！”赖特太太不停地说，“简直令人心碎！他们是当场就死亡了吗？”

“我想是吧，我也不清楚。”我知道她想问什么，但我不打算让她如意。做这样的揣度是不对的，我就没有问过霍华德一个字，他也没有主动告诉我什么。我总觉得每个人自己就有够多的日常琐事要操心了，何必再去管旁人的糟心事。“他们撞上一辆卡车，”我说，“我知道的就这些。”

“不管怎样，报纸上今晚就会登出新闻。那个可怜的小女孩。谁告诉她的？你吗？她有什么反应？”

“和预想的反应一样。”我说。我不想赖特太太因为薇姬的表现而责怪我，她可能会觉得我没跟薇姬说清楚或者什么的。于是我拿着茶盘回到客厅，那样她就得跟着过来不能再提问了，因为薇姬就坐在那里。她开始说一些积极正面的话，我想她是想安慰薇姬，其实我本可以告诉她省了这番口舌。

她接着开始讲黑文太太在杂货店忘记拿走羊排的事，说最后杂货店老板晚餐吃到一半却不得不下楼为她开店门。她还讲起阿克顿家的猫被车撞的事，却突然停了下来，看了看薇姬，怕自己说错了话，于是话锋一转，谈到她刚被医学院录取的孙子。

“他会成为一名医生。”她解释说。

薇姬突然说：“不久之后，他就会因为和女孩在宿舍幽会让人发现而被医学院开除。”

“薇姬！”我说。我不知道该说点儿什么得体的话；我的意思是，她不是我的孩子，我不能惩罚她，但我确实认为我应该有所表示，因为赖特夫人惊得张口结舌。我说：“薇姬，年轻的淑女们在客人面前讲话要有礼貌。”多丽就绝不会那样说赖特太太的孙子。

“我当你什么都没说，”赖特太太说，“考虑到你现在的情况，薇姬，虽然你不应该有这样的想法，因为你的父母还躺在那里——”她停了下来，又拿出手帕，而薇姬却仍只是盯着墙看，要是能教训她一顿，我肯定会很高兴的。

后来，正如我所料，兰森家的一些朋友也来了，享用了鸡尾酒、薯片、饼干、腌渍菜，应有尽有。我们本来可以用款待兰森夫妇朋友的这些东西自己开一个派对，邀请自己的朋友。当然，其中一个人拿了兰森夫妇的钥匙，过去拿了一瓶杜松子酒，因为他说兰森夫妇会希望我们这么做，我想这倒可能是真的。每个人都想对薇姬说些安慰的话，但实在说不出口。我听到的一段对话让我十分惊讶，因为如果我听到多丽那样对她的长辈说话，一定会用肥皂给她漱口。一位我之前并未见过的舍曼先生正在对薇姬说着她父亲是个多么好的人——我想他是出于礼貌，因为所有认识唐·兰森的人都知道事实并非如此——但薇姬马上用她那平淡的声音说：“你妻子终于找到证据要和你离婚了。”对着自己父亲的老朋友居然说出这样的话，你应该能想象对方有多震惊。我想我的多丽甚至都没听过“离婚”这个词。后来，我又听到她告诉她父亲的律师，他办公室的文件将在一场大火中烧毁，而他当时正在和她讨论她父亲的遗嘱。我猜遗嘱让她想明白了——有时候，遗嘱这种小事，你知道的——所以她的反应就像一个怀恨在心的婴儿。我觉得她这样把她父亲的朋友赶出我的房子是非常粗鲁的，本想跟她提出来，但总有人在跟她说话，拍拍她的手，告诉她要节哀。其实跟薇姬说节哀就像跟大海说要继续翻起波涛一样，多此一举。

她姑妈来之前情况一直是这样。姑妈迟到了——飞机出了点儿问题——所以她错过了葬礼。在葬礼上我看到薇姬穿着深蓝色的裙子和黑色的鞋子，头发也梳得整整齐齐，但也就那样了，她还是一滴眼泪都没掉。我得说，来吊唁的人挺多的，让人以为兰森一家是镇上最受欢迎的人家。但我想大家只是为了向薇姬示好。当然，因为霍华德和我负责操办葬礼，很多人应该也是看我们的面子才来的。在葬礼上，薇姬向我靠过来低声说：“你看到那边那个人了吗，那个穿灰色西装的秃头？他偷了钱，他们会把他关进监狱。”我觉得在自己父母的葬礼上说这样的话，简直太不庄重、太蠢了，尤其是很多人原本以为她哀痛难抑。我可能不得不让她缺席。

姑妈来的那一天市中心发生了火灾，大火几乎将整整一个街区的办公室都烧成灰烬，所以我没有机会把她介绍给那些之前几乎每天都来拜访的人。我把薇姬的衣服都洗得干干净净——我不能把她邋里邋遢地送回家——然后收拾好准备给她带回去。老实说，把那个女孩交给她的亲戚带走，我没有一点儿舍不得。我不想让她一直

待在多丽的房间里。而每天看着她坐在餐桌前狼吞虎咽，让霍华德也没了食欲。在她跟姑妈离开的前一晚——他们打算在隔壁住上一两天，好安排物品出售、封存和分赠，我本以为那位姑妈在处理酒杯时会想到我，毕竟薇姬一直知道我很想要它们，而且我又为她付出了这么多——我去跟她道晚安。她却把自己的红色小笔记本给了我，说："这是给你的。我想把它给你，因为你对我太好了。"

好吧，这是我唯一一次听到感谢的话，而且她竟然只字未提关于酒杯的事。我知道她很珍视这个小本子，应该是把它当作珍贵的礼物，所以我接受了。她又说："离船远点儿。"这次我实在忍不住取笑了她。然后她又嘱咐我要好好保存这个小本子，我当然答应了她。

"我去了英国伦敦也会记得你的，"她说，"让多丽有空给我写信。"

"一定会的。"我说。多丽是世界上最可爱的孩子，如果她觉得薇姬收到她的信会开心，她会马上给她写信的。"好了，晚安。"我说。我已经习惯了给她晚安吻，但说不上喜欢。

"晚安。"她说，然后像往常一样，马上就睡着了。后来，她们走了，我听说房子已经卖掉了，会有新邻居来住在这儿。我打开薇姬的红色笔记本，本以为它是一本诗集——就像多丽以前给我的那种——或是什么图片簿，但我很失望：这孩子一直在自娱自乐地记录关于邻居和父母朋友的八卦——当然了，想到唐和海伦过去议论别人的方式，这也不奇怪——还有关于原子弹和世界末日的恐怖故事，总之完全不是你希望一个孩子会关注的事情。我可不希望多丽去想那种事，于是我把那个本子扔进了炉子里。我想，她一定是个非常孤独的孩子，所以只能花时间写一些悲伤的小故事。我希望她在伦敦能像她预期的那样快乐，同时我们已经决定了要补上没能成行的缅因州之旅。我们打算给多丽请几周假，反正她总是名列前茅，少做几次作业也没关系。然后我们大家一起坐邮轮去旅行。

可怕的念头

WHAT A THOUGHT

晚餐很不错。玛格丽特坐在那儿，把书放在膝上，看着她的丈夫坐着消食。他总会花很多时间和心思在这上面。她看到他一边漫不经心地放下雪茄，一边用空闲的那只手翻报纸。玛格丽特不禁有点儿骄傲地想，和她听说过的许多男人不同，她的丈夫吃了一顿特别丰盛的晚餐后并没有直接去睡觉。

她心不在焉地快速翻动着书页，这本书不是很有意思。她知道，如果她求丈夫带她去看电影，或者出去兜风，又或者陪她玩金罗美纸牌游戏，他都会笑着同意。尽管他们已经结婚 10 年了，他还是愿意讨她欢心。然而，一个奇怪的念头掠过她的脑海——她突然很想拿起沉重的玻璃烟灰缸，砸向丈夫的头。

“想去看电影吗？”她丈夫问。

“算了吧，谢谢，”玛格丽特说，“怎么了？”

“你看起来有点儿无聊。”她丈夫说。

“你在看我吗？”玛格丽特问，“我还以为你在看报纸呢。”

“只看了你一眼。”他对她笑了笑，那是一个经历了10年婚姻后仍然深爱着自己妻子的男人的笑容。

玛格丽特之前从未有过拿烟灰缸砸她丈夫脑袋的念头，但现在却怎么也摆脱不了这个想法。她坐在椅子上不安地动了动，心里想:“这个想法太可怕了，我怎么会有这样的念头？可能是因爱而生的变态想法吧？”想到这里她忍不住笑了。

“什么事这么好笑？”她丈夫问道。

“没什么。”玛格丽特说。

她站起来，漫无目的地穿过房间来到大厅门口。她内心非常不安，看着他的丈夫可带不来什么帮助。看着窗帘上的拉绳也让她想勒死他。她对自己说，我不是不爱他，只是今晚有些病态。她总感觉有什么不好的事要发生——就像是会接到一封报丧电报或者冰箱会坏掉。那只金鱼缸仿佛也在说淹死他。

玛格丽特站在大厅门口，那样如果她丈夫从报纸上抬起头来也看不到她。“听着，”她严肃地对自己说，“听着，这太荒谬了。”一个成年女人居然让这种愚蠢的恐惧困扰自己——简直是疑神疑鬼。“玛格丽特，他不会有事的。”她几乎大声喊了出来，“你或你的丈夫或任何你爱的人都不会有事的，你很安全。”

“玛格丽特！”她丈夫喊道。

“怎么啦？”

“出什么事了吗？”

“没事，亲爱的，”玛格丽特说，“我只是去喝点儿水。”

毒死他？把他推到汽车或者火车前撞死？

玛格丽特在心里对自己说："我不想杀了我丈夫。我做梦也没想过要杀他。我想让他活下去。别想了，别想了。"

她喝了一口水，只是做做样子，因为她跟他说了她要喝水。然后又走进客厅坐了下来。她进来时，他抬起头来。

"你今晚好像有点儿心神不宁。"他说。

"可能是天气的原因，"玛格丽特说，"天气太热，让我心烦。"

"你真的不想去看电影吗？"他说，"要不我们去兜兜风，凉快一下。"

"不了，谢谢，"她说，"我想早点儿睡觉。"

"也好。"他说。

她心里想，没有他我该怎么办？我该怎么生活？谁还会要我？我能去哪儿？我该怎么处理这些家具呢？当我看到他的照片、烧了他的旧信时会不会哭？我可以把他的西装送人，但我该怎么处理这房子呢？谁来处理所得税的事情？玛格丽特坚定地对自己说："我爱我的丈夫。我不能再这样想了。"这样的念头就像一首洗脑歌曲，一直在我头脑里回荡。

她站起来去打开收音机，播音员那低沉的声音让她很烦躁，于是她又关掉了收音机，走到书柜边。她取下一本书，然后又取下另一本书，翻阅了一遍，却什么也没看进去，心里一直想："我没有作案动机；他们永远抓不到我。我有什么理由要杀我丈夫？"她想象着自己正含泪对着一位想象中的警督说："但是我爱他——我无法接受他的死。"

"玛格丽特，"她丈夫说，"你在担心什么吗？"

“不，亲爱的，”她说，“为什么这么问？”

“你今晚看起来很低落。你是不是发烧了？”

“没有，”她说，“只是有点儿发冷。”

“过来，让我摸摸你的额头。”

她顺从地走了过去，弯下腰来，让他把手放在她的额头上。当他凉凉的手触到她时，她不禁想到，哦，天哪，他真是个好男人！她很想因为自己刚才的想法大哭。

“你说得对，”他说，“你的额头不烫。最好去躺着吧。”

她说:“过一会儿就去，我还不累。”

“我给你倒杯酒好吗？”他问，“或是倒点儿柠檬汁之类的？”

“谢谢，亲爱的，”她说，“不过不用了，谢谢。”

他们说，如果你把香烟浸泡在水里过夜，到了早晨，水就会变成几乎纯的尼古丁，而且有致命的毒性。如果把这水放进咖啡里，也没有异味。

“我给你煮点儿咖啡好吗？”她问道，被自己吓了一跳。

他又抬起头来，皱了皱眉头，说:“我晚餐时刚喝了两杯。不过还是谢谢你。”

玛格丽特想:“我完全有勇气去完成它。100年后这一切还重要吗？到那时我也死了，谁还在乎那些家具呢？”

她开始设想具体的行动细节:入室抢劫。先打电话叫医生，然后报警，再通知他兄弟和自己的妹妹。对他们要口径一致，声音也因哭泣而哽咽。不必太在意准备工作。这样的事情，计划得越周密，犯错误的可能性就越大。如果她从宏观的视角来考虑而不陷于细节，她就能神不知鬼不觉地洗脱怀疑。一旦她开始担心指纹之类的事情，她就陷入了误区。往往是怕什么来什么。

她不经意地问丈夫：“你有仇人吗？”

“我有一些敌人。”他说。有那么一瞬间，他是在认真地回答她的问题，然而很快他就笑了，说：“我的敌人可能有几百个吧，暗中的敌人。”

“我不是故意要问你这个的。”她说，又一次吃惊于自己的用心。

“我怎么会有敌人？”他问道，突然间又严肃起来，放下了报纸，说，“你为什么会认为我有敌人，玛格丽特？”

“是我犯傻，”她说，“真是个蠢念头。”她说着，笑了，过了一会儿，他也笑了。

“我想送牛奶的可能讨厌我，”他说，“我总是忘记把瓶子放在外面。”

他知道，送奶工这个回答不合格，但他不想迎合她。她的目光落在玻璃烟灰缸上。它在台灯的照射下闪闪发光、五彩缤纷。那天早上她刚洗了烟灰缸，那时还没有这个念头。现在她想：“就得是烟灰缸，因为最初的想法总是最好的。”

她第三次站起来，走过去将身子靠在他的椅背上，烟灰缸就在她右手边的桌上，她弯下腰吻了吻他的头顶。

“我从未像现在这么爱你。”她说。他没有转头，只是把手向后伸过来，深情地抚摩她的头发。

她小心地从烟灰缸里取出他的雪茄，放在桌上。开始他并没有注意，过了一会儿，当他伸手去拿雪茄时，发现雪茄放在桌上，便迅速地把它拿起来，又摸了摸桌面，看看有没有被烫焦。“你是想放火烧房子啊。”他随口说。当他低头重新开始看报纸时，她默默地拿起了烟灰缸。

“我才不想。”她一边回答一边将烟灰缸砸向了他的头。

家族珍藏

FAMILY TREASURES

安妮·韦特是一个非常不幸的女孩，在所有寄宿于这间小小的女子宿舍的女孩中，她恐怕是唯一一个不认可这一说法的人。安妮自认她比这里的任何一个女孩都更加自由而无拘无束，因为她全然接受这种集体生活的一般规定，认为这是对管理方的让步，而不是被迫接受的义务。这所大学很大，而安妮很渺小，可这所大学却比安妮受到更严格的铁律约束，因此，安妮认为，大学相对她而言才更加不幸。大学之所以不得不重视安妮，是因为她母亲在她大学一年级的最后一学期去世了。大二时，安妮回到大学，她在世上已无亲人，只有大学可以投靠。她的大学学费已经预先支付，另外还有一笔定期的津贴。虽然津贴数额很少，但它为安妮购买日常衣物提供了基本的费用，使她不必完全仰仗大学给予其慈父般的恩惠。

这所大学在一个比较舒适的宿舍区为安妮提供了一个条件优越的小房间。和住在这里的其他 15 位女孩一样，安妮的房间里有一张床、一把椅子、一张书桌和一个梳妆台。按照宿舍规定，每天早上 7 点是早餐时间，宿舍人员在消防演习时必须及时赶到，在工作日晚上 11 点之前和星期六晚上 12 点之前必须回宿舍并锁好大门。宿舍规定还要求她要对宿舍里的其他姑娘态度友好，但这种友情在任何情况下都不能走向极端，与其他女孩在餐厅里窃窃私语或者共睡一张床的行为都是坚决禁止的。另外，当负责宿舍管理的女宿管员走进房间时，她应该站起来，并且应该对女仆们有礼貌。

安妮的母亲在足球赛季结束后不久而春季舞会季远未到来时就去世了。当时安妮虽然是一个害羞甚至有点儿孤僻的女孩，但宿舍里的每个人，从女宿管员到一楼那三个女孩——她们获准在一楼浴室里设立暗室冲洗照片——无论是在她回家奔丧前的阴郁天气里，还是在她回来后的晴朗温暖的日子里，都纷纷赶来找她，并对她表示同情和对葬礼细节表示友好的关心。安妮隐约地感觉到——尽管她永远无法确认事实的全貌——有几个女孩，比如二楼的海伦娜和宿舍楼长谢丽尔，坐在她身边，哽咽着对她说："如果是我母亲，我会……"在脸上的泪珠还未干之时，就直接从自己身边赶去赴男孩子们的约会了。这些男孩穿着考究，总是遵循惯例把车停在湖边的山上。安妮心想，海伦娜或许会，谢丽尔一定会，正坐在湖边的山上，与他们畅饮啤酒、开心大笑吧，他们还会干点儿什么呢？

安妮对这些其实也并不十分在意。她真正在意的是，就在她母亲下葬后不久，她在宿舍里其他女孩眼中的价值立即下降，这是对她的侮辱。这时同情安妮已不再是一种高尚的行为，因为大家都知道，安妮在"试着坚强起来"。当她默默地变得坚强之后，她就又变回了三楼那个孤零零、没有朋友、很少说话的无趣的女孩。

当然了，指望谢丽尔和海伦娜会因为安妮母亲的去世而把安妮介绍给她们认识的任何一个男孩，或者指望一楼的三个女孩会允许安妮在她们的暗室里冲洗照片，都不过是异想天开。但是和所有突然遭遇变故的人一样，安妮也抱有一种希望，希望一切结束后她可能会有变化——也许她的脸蛋会变漂亮一些，发色变得更鲜明一些，或者至少她的举止中会增添一种耐人寻味的悲伤，又或者她能变得思维敏捷，在大厅里遇到其他女孩时能够毫不费力地找到话题。

在大学二年级的学年开始时，安妮的学习成绩依旧说得过去，在消防演习中的表现也无可指摘，在同性友谊的问题上当然也更不可能被谁抓到把柄。不过，事实上，在她母亲去世后，她的境况也并没有多大改善。

安妮很快就认识到了这一点，毕竟在沉默而含蓄的性格背后，她有着敏锐的内心。而因此生发的结果，就是在开学后的第三个星期，安妮偷走了海伦娜的脚链，然后藏在了自己母亲的衣箱里。她把它藏在母亲的书报和那件老旧皮草披肩的下面。这件披肩毫无价值，只不过在银行处置安妮母亲的私人物品时，自然而然地留给了她。在清理财产期间，管理着安妮所有钱财的银行以一种程式化的流程把皮草披肩整齐地包裹起来寄给她留作纪念，试图通过这种感性的小细节展现他们的人性化。

海伦娜的脚链是纯金的，是一个她早已不感兴趣的年轻男士送的。在安妮备受关注的初丧期间，她曾在海伦娜梳妆台上的一个蓝色瓷器首饰盒里看到过它。盒子里杂乱地堆放着各种项链、粉盒以及海伦娜的追求者们送她的各种小玩意儿。每当看到它们时，海伦娜就会想起送东西的那些人的名字，但也很难想起是在什么情景下收到的这些“战利品”。她从杂乱中很难察觉到脚链的丢失。这条脚链在海伦娜的藏品中既不是最珍贵的，也不是最普通的。安妮偷走了它，把它好好地藏起来了。安妮相信在那一盒年轻男士们送的各色礼物中，海伦娜永远也不会想起这条脚链上刻有谁的名字，除非她再次亲眼看到它。

一天晚上，在安妮把脚链和母亲留给她的皮草披肩一起放到母亲衣箱里的几天后，她偶然路过海伦娜的房间。房间里六七个姑娘叽叽喳喳地聊天，在门口犹豫了一分钟后，她悄悄走了进去，坐在了门边的地板上。大家虽然都注意到了她并友好地跟她打招呼，但没有人问她任何问题，也没有人对她说什么特别的话，大家的话题也并没有随着她的到来而有任何改变。安妮在房间里的时候，海伦娜曾数次整理首饰盒，有两次是把东西收进去，还有一次是为了确定一个她们正在谈论的男生究竟是哪一年入选了大学的学术荣誉协会。整个晚上，海伦娜都没有注意到她的金脚链不见了。

宿舍布告栏里贴出大学冬季舞会通知的那天，安妮趁着谢丽尔去上课的时候，穿着拖鞋静悄悄地走进了她的房间。安妮以前见过，在谢丽尔书桌最上面的抽屉里有一套廉价的黑色钢笔和铅笔套装，它们装在一个套盒里，是谢丽尔高中毕业时班里同学送给她的。在作为班长的谢丽尔的鼓励下，他们班的同学与同学院的其他毕业生们毫无差别。当她说起那套笔（钢笔已经坏了）时，会带着得体的谦逊。她说同学们认为她是最有可能获得成功的人，所以才送了她那套笔，其中还有一个让人难为情的说笑——大家期望她用这支钢笔写出伟大的著作，用这杆铅笔描绘出了不起的图画。事实上，尽管她当上了宿舍楼长和大学高级委员会的委员，她却从未用这套笔写过字、画过画。这套笔中的钢笔和铅笔上都刻着她的名字，旁边还有“票选最成功之人”的字样。

安妮把这套笔连同脚链一起放在母亲的大箱子底部。即使谢丽尔发现它不见了，她也没对安妮说起。就在那天晚上，安妮在宿舍锁门后还去客厅和其他女孩待了一会儿。女孩们穿着睡衣和浴袍，喝着从附近兼售饮料小吃的药店买来的可乐，吃着味道不逊于学校食堂出品的三明治。

有一个叫玛吉的女孩，大家都认为她很聪明。安妮从她的房间偷了一只灰熊毛绒玩具。玛吉通常把这玩具小心地藏在枕头底下。当那只熊舒服地坐到安妮母亲的箱子里时，玛吉有可能已经发现自己的玩具熊没了。但显然，在经过一场崇高的内心斗争之后，她决定对此只字不提，只决心要越发尖刻地讽刺周遭的世界，直到她那只迷途的熊悄悄地回到她身边，就像它之前神秘失踪时那样。

安妮的惯常做法是暗中观察：轻轻地贴在自己三楼房间的门缝上，或者躲在窗边的帘子后面，直到曾被她偷偷闯入房间的那个女孩离开屋子。随后，安妮会穿上毛毡拖鞋，在衣服外套上浴袍，有时还拿着浴巾，既可以避免被怀疑又可以用来隐藏大件的东西，然后轻轻地走出房间。她的心脏愉快地跳动着，咬着嘴唇忍住笑意。午后是宿舍里最安静的时候，安妮可以从后楼梯一层一层走下去，这样就不会被人看见，或者即使有人看见也不会引起注意。如果有人注意到她，她可以说三楼的浴室里有人，她到二楼来洗澡，或者到一楼接电话。如果有人看见她从别人的房间里走出来——据她所知，这还从未发生过——她就可以实话实说：她在找东西。

在雪完全融化之前，在大学这无情的一年里，除了脚链、套笔和灰色的泰迪熊外，安妮还在壁橱的地板上找到了一件黑色缎面衬裙，她仔细地洗了洗，然后把它叠得整整齐齐地放进了母亲的箱子里。她还得到一首十四行诗的复写本。这复写本版面整齐，上面还标注了日期。安妮知道，这首诗不久前被寄给了一家诗歌杂志，但拒稿通知并没有附在复写件上。此外，安妮还拿到一个小皮面笔记本，只有第一页写了东西："买阿司匹林。写信回家。拿西班牙语作业。洗衣店取衣服。"

当然，到这个时候，很多人也开始发现自己丢了东西。有一天，谢丽尔想在办公桌的抽屉里找出那件礼物来低调地证明自己的价值，却怎么也找不到上面刻着"票选最成功之人"字样的钢笔和铅笔了。经过深思熟虑，她谨慎地向几个朋友提起了这件事。

"并不是说我觉得有人偷了它或者什么的，"谢丽尔一遍又一遍地坚持说，"我不认为这宿舍里有人偷东西。但我实在想不出我的钢笔和铅笔去了哪里。"

"也许你把它忘在哪儿了。"其中一个女孩可能会试探性地指出这个可能性。而对此，谢丽尔应该会义愤填膺地回复："我才不会把它们拿出去，尤其那上面还刻着'票选最成功之人'。但我知道它们不会是被人偷走了。"

当那条黑色缎面衬裙的失踪成为话题时，谢丽尔的担忧就变成了“我们这儿谁会偷东西？”以及“我简直不敢相信宿舍里有人偷东西”。丢了灰色泰迪熊的玛吉从未提及此事，尽管她说她几乎可以肯定自己一直放在右手边最上层抽屉里的一枚银质图章戒指不见了，而且她相当肯定，就在自己发现戒指丢失之前不久，曾看到一个女仆在梳妆台附近徘徊。丢了十四行诗复写本的那个女孩红着脸说，她也不确定自己到底复写了多少份。一个女孩回忆说，她有一个粉盒，上面刻着她的名字，但现在也找不到了。另一个女孩认为，她指责洗衣店弄丢的那件黄色衬衫很可能是被偷了。在一次讨论中，安妮轻轻地补充了一个事实，那就是她也丢了几件东西，但她的话并没有引起大家的注意，原因可能是安妮的东西都是无名之物，因此她丢的任何东西都是无关紧要的。

“我真不敢相信女仆们会做出这样的事，”谢丽尔这时说，“应该不会是女仆们吧。”

“那么，一定是外面的人进来偷的，”那个丢了黑色缎面衬裙的姑娘说，“想象一下，有人可能偷偷溜进宿舍里翻我们的衣服。”她兴奋地打了个寒战。

“我不认为是外人。”海伦娜坚定地说。

于是她们兴高采烈地讨论着小偷可能是她们中的一员，同时带着欣喜的猜疑彼此对视着。海伦娜、谢丽尔和其他几个人组成了一派，她们兴奋地认为玛吉就是偷东西的人，谢丽尔动情地说：“我简直不敢相信玛吉会做这种事。”

“嗯，”有人迟疑地说，“你知道，她没什么钱。她有可能把一些首饰卖掉了。”

“她有一件新毛衣，”海伦娜接着说，“就红色的那件。告诉你，那件毛衣比玛吉以前穿的任何衣服都贵得多。”

“是啊，”谢丽尔若有所思地说，“她当然不敢戴那些首饰，但我还是不能……”

另一派由玛吉和其他几个人组成，其中包括把浴室改暗房的那三个女孩，她们认为谢丽尔应该对丢失的东西负责。

“当然，”玛吉宽厚地说，“如果是谢丽尔，你真的不能怪她。我的意思是，有时人们会有些问题，他们控制不住地想要偷东西。”

“就像酗酒。”其中一个暗房女孩很内行地说，“只有通过精神疗法才能治愈。”

这时姑娘们靠得更近了，有人轻轻地问道：“她家里人是不是知道？所以才让她回大学来？”

“她的家人，”麦琪说，“也许就是不想让她偷他们的东西。”

当然，还有另一派女生，她们的领头人不断发生变化。她们认为是海伦娜干的。一个女孩说：“她受不了别人有她没有的东西。每次她看到我们谁穿上新外套什么的，就气得发疯。”

“可这并不是因为她拥有得太少，”另一个说，“我真的无法想象海伦娜会碰任何不属于她的东西。当然，她非常嫉妒的时候除外。”

其余的女孩则认为是把浴室改成暗房的三个女孩盗窃了别人的财产，她们的猜测基于无可辩驳的事实：

1. 获准将一楼浴室改造成暗房的人认为她们理所当然地应该拥有世上的一切；2. 不管她们怎么说，事实上没人能知道她们什么时候在暗房里，事情发生时她们可能在宿舍里的任何地方；3. 有人听到其中一个女孩曾对另一个女孩梳妆台上的一只瓷猫热情地表示了赞叹，尽管瓷猫还没有失踪，她放在旁边的一包香烟却不见了。这可能是人在慌张时的第一反应——抓起她一开始看到的东西。

暂时没有人怀疑安妮。在大家的猜疑和困惑中，安妮游走于各派并提出她永远不被重视的意见。晚上，当整个宿舍安静下来的时候，她会仔细清点她的收藏，把泰迪熊放在十四行诗旁边，把脚链放在皮面笔记本旁边，手里一边掂着钢笔和铅笔一边仔细研究笔杆上的刻字，直到她能凭记忆画出那些独特的字体。她还会试穿那件黑色缎面衬裙，然后静静地在她的房间里走来走去。做这些事的时候，她的门从来不锁。

最后，是安妮向女宿管员提出了正式申诉。

安妮突然想到，那位名叫麦克布赖德小姐的宿管员曾多次佩戴一对玉坠耳环。安妮知道这对耳环放在麦克布赖德小姐梳妆台的一个硬纸盒里。结果，有一天下午，安妮穿着浴衣，拿着毛巾，在麦克布赖德小姐外出购物时走进了她那间安静的、没有书本的房间。幸运的是，在麦克布赖德小姐出人意料地回来时，她才刚走进房间。当时房间里的气氛仿佛凝固住了，当麦克布赖德小姐看着安妮的时候，她一时间无言以对，然后想出了一个当下能给出的最好的反应，急切地说："麦克布赖德小姐，我正要找您。"

"什么事？"麦克布赖德小姐说，她还没想好该怎么表态。她是一个相当年轻、体格健壮、非常浪漫的女人。她很享受女孩们对她的钦佩，像对待大姐姐一般。她喜欢对人报以同情的微笑，并善解人意地点头。对于她几年前曾允许甚至鼓励宿舍的一个女孩与一个非常富有的化学专业男孩私奔的传言，她也从不加以否认。虽然她听说过宿舍闹小偷的事情，也清楚宿舍里流传着各种谣言，但她还不准备就这个事情表态，也不打算在想清楚如何处理才能不得罪众人之前采取任何行动。安妮如果贸然跟她报告，就会逼迫她马上采取措施，所以麦克布赖德小姐再一次对安妮说“什么事？”时语气十分冷淡，甚至暗含威胁。

“麦克布赖德小姐，”安妮冒冒失失地开口，她这样做是为了以后麦克布赖德小姐在质问她时，其随和的头脑只会记住她现在激动的情绪，“麦克布赖德小姐，我不知道该怎么办。真的，太可怕了！我不敢相信她会这样！（安妮在这里借用了谢丽尔的话。）这一定是某种精神疾病，或者别的什么心理问题。（此处安妮又借用了玛吉的话。）我的意思是，当我看到她的时候，我试着想说些什么，她看起来很内疚。所以我才马上下来向您报告，问问您该怎么办。”安妮犹豫了一会儿，然后哀伤地补充道：“求求您，我们能不能不要宣扬，避免丑闻？”

“是谁？”麦克布赖德小姐问，她已经准确地抓住了谈话的核心。

安妮垂下眼睛说：“我不想说，求您了，麦克布赖德小姐。”

“你不愿告诉我？”麦克布赖德小姐提高了嗓门。安妮脸红了，一言不发。

“你当然不会说。”麦克布赖德小姐说，同时为自己的直言不讳而尴尬了片刻。两人都没有再继续讨论盗窃事件。思考了几分钟以后，麦克布赖德小姐说："我会在布告栏贴出公告，通知大家今晚开会。"

出于某种奇怪的巧合，当晚来参加会议的女生——也就是宿舍里的所有女孩——在谢丽尔通知大家来开会的时候，都已经知道了这次召集会议的目的：麦克布赖德小姐要么就是知道了谁是小偷，要么就是有了线索，再不然就是打算在当晚查出真相。诱人的恐惧使每个女孩都兴奋不已，她们中的许多人都希望自己最亲密的朋友会被证明是无辜的。如果投票表决，最有可能中选的会是谢丽尔本人，就像她当初当选楼长一样。谢丽尔站在房间中央，四周的女孩们有的抱着椅背坐着，有的躺在沙发上，有的坐在地板上。谢丽尔很清楚，每一个姑娘都认为自己从她脸上看到了一丝内疚的表情。

麦克布赖德小姐严肃认真地说："听着，孩子们，这是一件可怕的事情。校园里的每个人现在都知道这件事了。他们开始议论我们，议论我们宿舍里有人借了不属于她的东西却忘了归还。这对你们每个人都不好。我知道你们都想保护自己的名誉，我们都想让我们的宿舍保持干净和体面。我想，该对这一切负责的那个女孩还没有完全意识到，她不站出来就是在伤害我们所有人。"麦克布赖德小姐停了一会儿，但没有人举手并站出来。于是麦克布赖德小姐接着说："如果我提议大家都安静地回到自己的房间，然后我在我的房间里等那个女孩来找我，你们觉得会是个更好的主意吗？"

房间里一片寂静，随后角落里的一个女孩忍不住说："既然她这么长时间都没被发现，她是不会来找您的。"

"我想我应该告诉你们，"麦克布赖德小姐郑重其事地说，"我知道那个女孩是谁。”

一片满怀期待的死寂。

“我不打算告诉你们她的名字，”麦克布莱德小姐坚定地说，“我不打算告诉你们谁看见她了。我要说的是，我将采取措施，一劳永逸地杜绝这样的行为。”

又是一阵沉默。麦克布赖德小姐现在必须采取行动了。于是她深深地吸了一口气。“我要搜查宿舍里的每一个房间，”她饶有兴味地说，“今晚就查。”

还是一段长长的沉默，最后，一个女孩胆怯地说：“麦克布赖德小姐，我认为你无权这么做。”

麦克布莱德小姐坚决地说：“任何有所隐瞒的人都应该很容易明白自己的处境了。”麦克布莱德小姐用这番话一劳永逸地解决了争议。

安妮没有惊慌，她偷偷地抱住了自己。这样最好，应该只有她一个人看过谢丽尔桌上的日记，看到了海伦娜梳妆台上的信件，看穿了藏在手帕盒里、床底下和壁橱最黑暗角落里的秘密。对这些或令人震惊，或让人发笑的秘密，各人都心知肚明，但直到找到好借口将它们广为传播之前，大家都认为这些秘密不为人知。

“您可以从我的房间开始。”谢丽尔庄重地说。麦克布莱德小姐发表这番言论之后，人们对谢丽尔的看法发生了很大的转变。几个女孩心中暗暗猜想：也许，谢丽尔作为宿舍楼长，已经提前知道搜查的事情了？

麦克布赖德小姐故意站起来，走上楼梯，又停了下来，用平静

的语气说:“孩子们，难道我们只能选择这样的方式吗？”她一边说，一边上楼去了。谢丽尔跟在她的后面，然后是其他女孩。麦克布赖德小姐上了二楼，过了一会儿，又上了三楼。这里只住着安妮和另外三个女生。

“从谁的房间开始？”麦克布莱德小姐犹豫不决地问道。

“我的。”安妮坚定地说。麦克布赖德小姐望着大厅里站在一群女生对面的安妮，试着使她的目光看起来意味深长。她想说:“安妮，我知道你没事，你不是小偷，因为你不肯告诉我小偷的名字。但我还是得搜查你的房间。”麦克布赖德小姐动了动眉毛，用这种富于表现力的方式暗示:“但你和我都知道，这只是一个必须走的程序。”她继续看着安妮，直到所有的女孩都看向安妮，然后，麦克布赖德小姐以几乎无法察觉的幅度无奈地向安妮耸了耸肩。

麦克布赖德小姐在其他姑娘的建议和帮助下，迅速搜查了起来，却徒劳无功。梳妆台和书桌上所有的抽屉都被打开了，里面的东西都被翻动了一遍。其中一个女孩说:“有些失物很大，应该很难藏得住。”麦克布赖德小姐认为这一说法很有道理，于是只草草翻检了一下书架和床罩。此外她也抬起床垫看了看下面，而其中一个女孩则把枕头从枕套里拿了出来。安妮站在门口，一生中第二次看到姑娘们对她表现出好奇。她看见一个她相当钦佩的女生偷偷地快速戳了戳衣橱里安妮的裙子，又看见另一个女生在书桌旁停下，开始读安妮写给一个高中朋友的信。麦克布赖德小姐打开安妮母亲的箱子盖，明知故问:“安妮，这是你的吗？”

“这是我妈妈的。”安妮平静地说。麦克布赖德小姐让皮草披风的一角从她的手指上滑下，以探询的语气对其他女孩说：“我不认为……”

“当然不是她。”有人不自在地说。那个一直在读安妮的信的女孩也赶紧把信扔回到了书桌上。

“好吧，”麦克布赖德小姐对安妮笑了笑说，“那就这样。”她走出房间，女孩们结队跟在她身后。麦克布赖德小姐和一些女孩走进了同一楼层的隔壁房间里，另一些女孩则去了别的房间，在大厅里就可以听到她们在那个房间里翻找的声音。麦克布赖德小姐在三楼的所有房间进进出出，她的搜寻则越来越随意。当她把三楼的四个房间都搜了一遍之后，也只打开了抽屉、往壁橱里看了看，而其余的姑娘们则像蝗虫一样在所有房间里翻找：她们查看房间里的私人物品、做各种猜测、检查她们能找到的一切。各个派别的女生都在私下谈论：“你知道她们发现了什么吗？我想她死定了……”但女孩们仍然维持了团结。麦克布赖德小姐突然说：“现在，孩子们，我们公平一点儿。大家都不许跑回自己的房间。”她这么说的同时向女孩们一瞥，在心里迅速地清点了一下人数。

在二楼，大家搜到了谢丽尔的日记，在海伦娜的房间里发现了一堆令人害臊的情书，还在另一个女孩房间里找到一个藏有大学教授照片的项链坠。搜查这些房间的时候，它们的主人总是毫无例外地站在靠近门口的地方，随时准备着如果发现了什么让人尴尬或者丢脸的东西就赶紧逃跑。它们也许是房间的主人都不记得是否是属于自己的东西，也许是借来却没有归还的东西，也许是其他人会一致地、忍不住地觉得可笑的东西，又或者是偷来的东西。

当然，暗房不在搜查的范围内，但是麦克布赖德小姐坚持让姑娘们去她的房间。房间当然已经做过精心准备，除了一张麦克布赖德小姐红着脸拒绝说明是哥哥还是未婚夫的英俊小伙子的照片外，什么可疑的东西都没有。

搜查结束后，大家又聚在客厅里，麦克布赖德小姐就大家的怀疑发表了看法。她说："孩子们，看来你们中的一个及时得到了警告，把东西扔掉了。但是，正如我之前告诉你们的，我们知道那人是谁。现在我要说的是，如果那个拿了这些不属于她的东西的女孩今晚悄悄到我房间里来承认一切，我保证不会再说什么。"说完，她向自己的房间走去，中途又停下来回头补充道："但是，如果今晚没有任何结果，我将不得不采取进一步的措施。我本来希望……"她轻轻地叹了口气，接着说："我本来希望在咱们内部把这件事解决掉，但如果这个办法行不通的话，我就要采取进一步的措施。"她体面地走进了自己的房间，而现在女孩们知道了更多细节，也纷纷散去，各自静静地回到自己的房间。没有人愿意说话，因为每个人都知道了其他人的秘密，再也没有人有不可侵犯的隐私了。重新建立起自己的隐私、保护其不受侵犯，并且试着重新信任彼此将会是一个漫长和痛苦的过程。这天晚上，宿舍里发生了一场大规模破坏活动，许多人的珍藏被烧毁、被撕碎，被指甲剪剪破。第二天，各个房间门口的废纸篓里都装满了撕破的纸片和被毁的照片。而此后的许多天里，宿舍里的姑娘们都变得少言寡语，只剩下彼此间客气的寒暄。

当宿舍终于又重归平静后，安妮拿出她的脚链、她的泰迪熊和十四行诗、她的钢笔和铅笔套盒、她的黑色缎面衬裙和她的皮面笔记本，再加上麦克布赖德小姐的玉坠耳环。玉坠耳环是她在搜查麦克布赖德小姐的房间时悄悄揣进口袋的。她把这些东西在自己床上排列好。它们加在一起还不够塞满一只轻便旅行袋，于是安妮在路过宿舍客厅时停下来把三四个金属烟灰缸塞进了袋子。她在大门前站了一会儿，打量着这个一片寂静的宿舍，所有房门都紧闭着。自母亲葬礼后，她第一次感到了纯粹的快乐。然后她迅速地溜出前门，沿着街道向前走去，手里提着那只轻便旅行袋。现在的她全副武装，十分强大。

客居异事

A VISIT

（献给迪伦·托马斯）

1

在这里还未发生任何事情之前，这所房子本身就已经是她见过的最可爱的东西了。它坐落在一块宽阔的土地上，与一所公园、一条河和一座草木萋萋的小山为邻。房子四周是经过精心规划和悉心打理的花园，它隐于山中，仿佛是一件轻易不可示人的珍宝。来之前，玛格丽特已经做了周密的准备，与友人通信讨论、会面、相互表达着愿景和希望。因此，当她和卡拉·罗兹在卡拉家门口下车时，感觉就像回到了自己的家，一个她通过努力赢来的地方。卡拉在大门口站定，先望向身后广阔的花园和延绵至河边的绿色草坪，再远眺线条柔和的小山，最后是一览无余的自家大宅的优美风姿：房子的长骨结构、蜿蜒的楼梯、拱形的门和高耸纤细的横梁，与房后的山景互相映衬，顺势向上，她的视线扫过房子高处的几排窗户和灵动的屋顶线条，最终以塔楼的楼顶收尾，然后回过头来微笑着说："欢迎你，玛格丽特。"

"这房子真漂亮。"玛格丽特说，却随即感到自己多言了。

门开了，玛格丽特抚摩着身边那座法翁[1]石雕的头，走了进去。卡拉随后也进了门。她一一叫着仆人们的名字与他们打招呼，也受到他们礼貌客气的欢迎。她们站在铺着玫瑰色和白色瓷砖的地板上，卡拉说：“再次欢迎你，玛格丽特。”

在她们的前方稍远处，一座巨大的楼梯高高耸立，楼梯末端延伸至大厅，仅由最纤细的雕花栏杆支撑。玛格丽特左手边的一幅挂毯，随着门的开关不时轻轻地晃动。玛格丽特能看清挂毯上细细的织线和清浅的颜色，却看不出挂毯上所织的图案，也许要走远一点儿，到楼梯口那儿才能看清。她心想：“也许从楼梯的中间就可以看到这个大厅甚至整座房子的全景，看到房子的各个部分以及布局。又或者，我可以慢慢地、细细地观察每一样东西，不过，那样会不会占用我所有的探访时间？”

她对卡拉说：“我从没见过这么漂亮的房子。”卡拉笑了，说：“来见见我妈妈。”

她们穿过右边的几扇门，来到一间灯光明亮的房间前。还没来得及细看房间的设计陈设，玛格丽特就为将要与拥有这房子、花园以及小河的主人见面而感到莫名的紧张。随卡拉进入房间之后，她一直不敢抬头。

“妈妈，”卡拉说，“这是我的同学玛格丽特。”

卡拉的母亲和蔼地对玛格丽特笑了笑，说：“玛格丽特，我们

1　法翁（Faun）在古罗马神话中，是指主管畜牧的神，半人半羊，生活在树林里。罗马人将其与古希腊神话中的潘神（Pan）联结对应。

很高兴你能来！”

她是一位高个子女士，身穿淡绿和淡蓝色相间的衣服。玛格丽特尽可能优雅地说：“谢谢您，罗兹太太，非常感谢您的邀请。”

“不客气，”罗兹太太轻声说，“既然是我女儿学校里的朋友，当然欢迎。我们十分荣幸！”

“谢谢您，罗兹太太。”玛格丽特说，她不记得自己还说了些什么，只记得自己心怀感激。

当罗兹太太慈祥地朝自己的女儿看时，玛格丽特终于有机会看清楚她在的房间。这是一间狭长的房间，以淡绿和淡蓝色为主色调。透过房间里高高的窗户，可以看到屋外的草坪和天空，壁炉架上有轻薄的彩色瓷制装饰品。她们刚刚进来时，罗兹太太放下了手里的绣针，从玛格丽特站的地方，她可以从绣品的反面看到那淡淡的美丽图案，柔和的颜色过渡自然、浑然一体，只是尚未完成。旁边的桌子上放着几本书，其中有一本很大的素描书，应该是卡拉的。卡拉的竖琴立在窗边，窗外是大理石台阶，缓缓地延伸至一座喷泉，水波在阳光下流动。玛格丽特想起她自己的绣品，那是一双为朋友做的拖鞋。她知道自己永远也不可能在这样的房间里刺绣。罗兹太太修长白皙的手放在绣绷上，颜色柔和，如苍白的颜色蒙上了薄尘。

卡拉拉起玛格丽特的手，说：“来吧，妈妈说我可以带你参观一下。”

于是她们走出门厅，再次走过玫瑰色和白色瓷砖拼砌的地板。瓷砖上有花纹，组合拼砌成很大的图案，但站在地板上看不见全貌。接着她们又穿过一个门，门边的小青铜法翁雕像对着她们咧嘴笑。她们走进的第一个房间全是金色的，窗框和桌椅腿上都镀上了金色，黄色地毯上的椅子绷上了金色锦缎，椅背上也镀了金。墙上挂着更多的挂毯，上面的图案是阳光照耀下的房子，金灿灿的，连房子四周的树都熠熠生辉。这些挂毯也都用镀金的薄画框镶嵌起来。

“好多挂毯啊。”玛格丽特说。

“是的，每个房间里都有，”卡拉说，“妈妈已经为她自己的房间绣好了所有的挂毯，就是她写信的房间。其他的挂毯都是我的祖母、曾祖母和曾曾祖母绣的。”

隔壁的房间是银色的，里面放置的小椅子是银色织锦面的，窄窄的椅背也是银色的，房间墙上的挂毯也镶着银框，挂毯上月光下的房子一览无遗，石块和窗户上的白光闪闪发亮。

“这些房间都是谁在住？”玛格丽特问。

“没人住。”卡拉说。

然后她们走进另一个房间。在这个房间里，所有东西都似乎越变越小。从房间里设立于两边的镜子中可以看到打开的门，玛格丽特和卡拉走了进去。然后，她们又从镜子中看到一个缩小了的被打开的门，缩小了的玛格丽特和卡拉走了进去。再往里走，房间两边的镜子里又映出一个更小的被打开的门，更小的玛格丽特和卡拉走进去。以此类推，玛格丽特和卡拉的身影被无限地投映在房间里的镜子中并且无限地缩小。从那些镜子里还可以看到房间里有一张桌子，桌子下面又有一张小桌子，小桌子下面有一张更小的桌子，它的下面还有一张更小的桌子。最大的桌子上有一个雕花木碗，里面装着一个小一些的雕花木碗，那木碗里还有木碗，一层层地套在一起。这间屋子里的挂毯上绣有湖面上房子的倒影，挂毯上的影像映在墙上的镜子里，映出房子在湖面上的倒影的影像。

这间屋子让玛格丽特感到很害怕，因为她很难分辨自己所看到的东西哪些是真实的、哪些是虚幻的，也很难分辨前进的方向，于是她急忙后退，把身后的卡拉也推出了房间。她们从这房间门口又转进另一扇门，这扇门把她们引回到高耸楼梯下面的大厅里。卡拉说："我们上楼去看看你的房间吧。房子可以留到下次再细细地看，反正我们还有很多时间。"她一边说一边高兴地紧握住玛格丽特的手。

于是，她们爬上高高的楼梯，穿过楼上的大厅，首先经过卡拉的房间。卡拉房间的色调柔和，近似浅色贝壳内面的颜色。桌上放着一瓶紫丁香，花香馥郁，直到她们走进大厅仍萦绕不散。

两个女孩的鞋子在光亮的地板上发出类似下雨时的沙沙声，但无论她们走到房子的哪个角落，总有阳光照在身上。卡拉打开一扇门，说："天气暖和的时候，我们在这里吃早餐。"然后她又打开另一扇门，说："这里是通往妈妈写信的房间的通道。那里——"她朝一个方向点点头，说："是通往塔楼的楼梯。这里，是我哥哥回家后我们跳舞的地方。"

"是真的塔楼吗？"玛格丽特问道。

卡拉没有回答，继续介绍说："这里是旧教室，在我哥哥离家上学之前，我和他在这里学习。后来我一直一个人在这里学习，直到我也去了学校并且认识了你。”

玛格丽特接着问：“我们能上塔楼吗？”

“在大厅的尽头，这里，”卡拉仍然没有理会玛格丽特的问题，继续说，“我的爷爷、奶奶、曾祖父母，还有我的曾曾祖父和曾曾祖母都住在这里。”她打开通往长廊的门，在那里，长廊的画像中，是穿着蕾丝花边和浅色背心的高大的老人们，他们都仿佛在俯身凝视着玛格丽特和卡拉。最后，她们来到了位于房子最高层的一个走廊，从那里看向下方的地面和上方的塔楼。玛格丽特看了看塔楼上的灰色石头，想知道谁住在那里，卡拉则指着小河下游很远很远的地方，说她们明天要步行去那里。

她说：“等哥哥回来，他会带我们去河里划船。”

回到房间，玛格丽特整理着自己的衣服，意识到那条白裙子是唯一一件适合在晚餐时穿的小礼服。她想，得叫人回家再取些东西来。她本来打算在卡拉的哥哥回家之前都穿那件家常的灰色衣服下楼用晚餐，但当她看到卡拉穿着浅蓝色小礼服，脖子上戴着珍珠时，她就知道自己不能这样穿了。晚饭前，当玛格丽特和卡拉走进客厅时，罗兹太太亲切地和她们打招呼，问玛格丽特是否参观了有壁画的房间或者镶嵌瓷砖画的房间。

卡拉回答说：“我们都还没来得及参观到那个部分。”

罗兹太太亲切地搂着玛格丽特的肩膀说：“那么，晚饭后我们一起去看看有壁画的房间和镶嵌瓷砖画的房间吧，我特别喜欢那两个房间。”

这时，卡拉说：“来吧，给你介绍我爸爸。”

门开了，罗兹先生走了进来。玛格丽特刚刚习惯了与罗兹太太待在一起，却又要因为见罗兹先生而感到紧张起来。罗兹先生大声说道：“这位就是我女儿学校里的好朋友吗？抬起头来，姑娘，让我们看看你。”玛格丽特茫然无措地抬起头，努力露出微笑。他拍了拍她的脸颊，说：“我们得让你在我们这儿变得胆子大一些。”然后他拍了拍自己女儿的肩膀，说她已经长成了一个非常漂亮的姑娘。

大家走进饭厅，饭厅的墙上挂着展现这所房子四时之景的挂毯，餐具是饰有金纹的白色瓷器，那花纹像是刻上去的而不是烧塑成形的。菜肴里有一道玛格丽特没见过的鱼，罗兹先生非常热情地坚持亲自为她服务，丝毫没有嘲笑她缺少见识。卡拉和玛格丽特每人都喝了一杯淡香料酒。

“我哥哥在家的时候，”卡拉对玛格丽特说，“餐桌上可不会这么安静。”她望着坐在对面的玛格丽特，然后又看看隔着长桌分别坐在上首和下首的父亲和母亲，说道：“我哥哥可以让我们一直笑个不停。”

罗兹太太对玛格丽特说：“暑假不回家，你妈妈会不会想你？”

“她有我的姐妹们陪着，夫人，”玛格丽特说，“我离家上学很长时间了，她已经习惯了我不在身边的生活。”

“我们这些母亲永远没办法习惯女儿不在身边的生活，”罗兹太太一边说一边深情地看着卡拉，“也没办法习惯儿子不在。”她叹了口气接着说。

“等我哥哥回来，”卡拉说，“你就知道这个家里的日常是什么样的了。”

“他什么时候回来？”玛格丽特问。

“还有1周3天4小时。”罗兹先生说。

当罗兹太太用完餐起身时，玛格丽特和卡拉也跟着站了起来，罗兹先生殷勤地站起来为她们打开餐厅的门。

那天晚上，卡拉和玛格丽特一起演奏并唱了二重唱。卡拉说她们的声音太单薄，没有更深沉的声音相配合不够动听，等她哥哥回来加入时，他们应该能表演一些精彩的三重唱。罗兹太太称赞了她们的歌声，罗兹先生则在椅子上睡着了。

在他们上楼之前，罗兹太太记起她之前曾答应带玛格丽特参观有壁画的房间和镶嵌了瓷砖画的房间。于是，她领着玛格丽特和卡拉向房间走去。她们提起长裙的前摆，身后的裙摆与地板摩擦，发出窸窣的声音。三人穿过一个大厅、一个过道，又穿过另一个大厅、一个装满书的房间，最后穿过一扇描绘着图案的门，进入一个八角形的小房间。这房间里所有的墙上都有镶板来做装饰，镶板上方用粉红色、蓝色、绿色和金色绘满了小幅的图画。画里牧羊人和仙女、小羊羔和牧神正在河边广阔的绿草地上嬉戏玩耍，背景就是她们所在的这所房子。这间小小的房间里没有别的陈设，那些壁画已经让整个房间看起来富丽堂皇。玛格丽特觉得她可以一直开心地待在那里，欣赏壁画里的那些小人儿就已经很有趣，无须再参观房子内的其他东西了。但罗兹太太领着她继续往前走，走进了镶嵌着瓷砖画的房间。严格意义上，那里并不是一个房间，因为房间里有一面全是玻璃窗，正对着八角形房间里壁画上的那一片草坪。瓷砖镶嵌在这间屋子的地板上，初看上去是一片亮晶晶的小斑点，当你退后一步再看全景，就会发现它们也组合成了这所房子的样子，只是构成这所房子的材料变成了镶嵌在地板上的瓷砖。在这幅图里，房子上的小窗户是用玻璃砖镶嵌出来的，塔楼的石头是用灰色的石头碎片镶嵌出来的，而烟囱的砖块是用砖头碎片镶嵌出来的。

玛格丽特走到镶嵌画旁边，提起她的长裙，免得刮掉镶嵌塔楼的碎片。她停下来问道:“这是什么？”然后退后一步仔细看看，接着跪在地上问:“这是谁？”

“她很迷人吧？”罗兹太太对玛格丽特微笑着说，“我一直都很爱她。”

“我刚刚还想，不知道玛格丽特看到会说什么。”卡拉也笑着说。

那是一个很特别的镶嵌图案，是一个女孩的脸，蓝眸红唇，从地板上茫然地凝视着，黄色碎石做成轻盈的长辫垂在她圆圆脸颊的两边。

“她很漂亮。”玛格丽特说，然后她又后退一步，好看得更清楚。她问:“下面写的是什么？”

她再往后退了一步，努力抬高头然后往下看，试图看清那几个字。它们用石块拼凑起来，不均匀地镶嵌在地板里。那几个字是:“玛格丽特，为爱而逝”。

2

时间远不够用，玛格丽特还没参观完房子的一半，卡拉的哥哥就回家了。一天下午，卡拉跑上楼梯，嘴里喊着：“玛格丽特，玛格丽特，他回来了！”玛格丽特跑下楼去迎接她，拥抱着她说：“我真为你高兴。”

他真的回来了，玛格丽特害羞地跟在卡拉身后走进客厅，看见罗兹太太双眼含泪，而罗兹先生站得笔直，比之前更显骄傲。卡拉说：“哥哥，这是玛格丽特。”

一位青年男子身穿制服，个子高高的，看起来有些倨傲。玛格丽特真希望自己能稍晚一点儿再见到他，那时她也许已经回过自己房间并且重新挽好了头发。站在他身边的是他的朋友，一个皮肤黝黑、身材瘦小、愁眉苦脸的上尉。他对聚在一起的一家人报以淡淡的微笑。玛格丽特站在卡拉身后，怯生生地向他们俩回以微笑。

然后所有人都同时开始说话。罗兹太太说：“我们非常想念你。”罗兹先生说：“很高兴你回来，孩子。”卡拉说：“我们计划——我答应过玛格丽特——”卡拉的哥哥说：“这就是玛格丽特？”皮肤黝黑的上尉说：“我早就想来。”

他们似乎总是同时开口说话，却又马上收声，在长长的等待间隙里愉快地环顾周围，为相聚而开心。然后，大家又都突然同时感到有话要说。整个晚餐都是这样。罗兹太太说：“你吃得太少。你以前很喜欢吃石榴。”卡拉说：“我们要去划船，去跳舞，好吗？我和玛格丽特一定要去野餐。小河边我留着等哥哥带玛格丽特去参观。”

罗兹先生笑得喘不上来气，同时把酒递给别人。玛格丽特几乎整晚都不敢抬起眼睛。皮肤黝黑的上尉说："我没想到这所老房子仍这么有魅力。"哥哥说："这房子里有很多好东西，我很愿意带玛格丽特看看。"

晚饭后，大家玩猜字游戏，罗兹太太还和罗兹先生一起表演"阿喀琉斯之踵"，拉着他的一个脚后跟不放。两人一边大笑，一边看着卡拉、玛格丽特和上尉。哥哥靠在玛格丽特的椅子后面，有一次她抬头看着他说："都没听到他们叫你的名字。你真的有名字吗？"

"保罗。"他回答说。

第二天早晨，他们在草坪上散步，卡拉和上尉走在一起，玛格丽特和保罗走在一起。他们站在湖边，玛格丽特看着湖面上清晰的房子倒影说："仿佛我们可以打开一扇门进去似的。"

"那儿。"保罗说。他用手杖指着倒影里的前门，说："我们要从那里进去，它会在水下砰的一声为我们打开大门。"

卡拉笑着说："玛格丽特，你有时爱说些奇怪的话。如果你想进那所房子，就会掉进湖里。"

"是啊，我可不想那样。"上尉补充说。

"或者你想从侧门进？"保罗用拐杖指着一边问。

玛格丽特说："我想我更喜欢从前门进。"

"但你会淹死的。"卡拉说。她拉起玛格丽特的胳膊，朝房子走去，说："咱们去房前的草坪上，那样马上就会构成一幅新挂毯的纹样。"

“又一幅挂毯吗？”上尉说着，做痛苦状。

接着，四人一起打门球，保罗把玛格丽特传来的球打向一个三柱门，上尉指责她巧妙地作了弊。晚上他们一起玩填字游戏，玛格丽特和保罗赢了，大家都称赞玛格丽特冰雪聪明。此外，他们还在房前的草坪上久久地散步，望着寂静的湖面，看着房子在水中的倒影。玛格丽特在倒影中的房子里为自己选择了一个房间，保罗说那房间归她了。

“那是妈妈写信的地方。”卡拉奇怪地看着玛格丽特说。

“在湖中的房子里，那不是。”保罗说。

“我想如果你喜欢它，你在这儿的时候，妈妈应该会把它借给你用的。”卡拉说。

“倒也没有，”玛格丽特和蔼地说，“我其实更喜欢塔楼。”

“你去过玫瑰园了吗？”卡拉问。

“我带你去吧。”保罗说。

玛格丽特和他一起穿过草坪，卡拉在她身后喊道：“玛格丽特，你要去哪儿啊？”

“去玫瑰园啊。”玛格丽特大声回答说。卡拉紧盯着她说：“玛格丽特，你有时真的很奇怪。天凉了，已经不适合去逛玫瑰园了。”玛格丽特和保罗只得转身走了回来。

罗兹太太的绣活进行得很顺利。她已经把房子的大部分轮廓都绣出来了，正在绣窗户的部分。玛格丽特吃了一惊，突然明白了为什么罗兹太太可以不用事先设计就把房子布置得这么井井有条——她是凭着记忆做的。玛格丽特第一次意识到这一点，在心里感叹：

“真不可思议！”转念又想：“也只能是这样，不然能怎么办呢？”

若要了解房子的样貌，这位“蒙塔古夫人”[1]只需抬眼向房内任何地方看看就能知道。更重要的是，她显然从没用过别的模版做绣活，所以她对这所房子的了解更甚于对自己孩子样貌的了解。罗兹一家梦幻般的生活清晰地展现在玛格丽特眼前，她看着罗兹太太笃定地、得心应手地用针线勾勒出绣品里房屋的门窗、雕塑和檐板；罗兹太太带着温柔的微笑望着窗外正低头共看一本书的卡拉和上尉，同时她的手指翻飞，熟稔地绣出玛格丽特不记得或者并不知晓的一个雕刻品。玛格丽特倚在罗兹太太的椅背上，看着那些图案在罗兹太太的手下成型。

然后，罗兹太太绣上了一缕白昼里的光线，正是这阳光让玛格丽特对这所宅子格外迷恋。如果卡拉此时抬起头看过来，可能会说：“过来，玛格丽特，瞧，妈妈总是在工作，而我哥哥很少在家。”

他们一起去野餐，卡拉、上尉、保罗还有玛格丽特。离开时，罗兹太太在门洞里向他们挥手告别，罗兹先生走到书房的窗前冲他们挥手。卡拉不敢走得太远：“我还是愿意待在能看到大宅屋顶的地方。”他们最后还是决定去庄园外山上的树林。在玛格丽特从未见过比之更绿的青苔上面，他们铺上白布，坐下来喝起了红酒。

这是一片名副其实的森林，树木整齐，苔藓青翠，偶尔有一朵

1 在这里作者用“Mrs. Montague”（蒙塔古夫人）来指代罗兹太太，暗示她家中也发生了类似罗密欧与朱丽叶那样的爱情悲剧。在莎士比亚著名悲剧《罗密欧与朱丽叶》中，罗密欧就来自蒙塔古家族，他的母亲就是蒙塔古夫人。——译者注

紫色或黄色的花在远离小径的地方小心翼翼地生长着。因为周边树木环绕，所以这里并没有森然的寂静。玛格丽特抬头望着枝杈间的天空，清晰明朗，想起来她在早餐室的挂毯上看到过这片森林，挂毯上的房子在阳光下闪闪发光。

“河是不是会流经这里？”她问道，似乎听到树林里传来流水声。她接着说:“树林里真舒服，有家的感觉。”

“有可能，”保罗回答说，“从屋前的草坪上乘船，悄无声息地顺流而下，穿过树林，经过田野，然后不知不觉，就绕着房子走了一圈。你可知道，这条河几乎是围绕房子环了一个大圈。我们为这个设计感到自豪。”

“河的确就在附近，”卡拉说，“它几乎围着房子绕了一圈。”

“玛格丽特，”上尉说，“你怎么在野餐时还显得心不在焉，莫不是在观察大自然。”

“正是，”玛格丽特说，“我正在观察一只毛毛虫爬向卡拉的脚。”

“咱们去看看河吧？”保罗说着，站起身来，向玛格丽特伸出了手，“我估计从这附近能看到大部分的河流路径。”

“玛格丽特，”玛格丽特站起来时卡拉说，“你总是到处瞎溜达。”

“我马上就回来，”玛格丽特笑着说，“就去看看那条河。”

“别去太久，”卡拉说，“我们天黑前得回去。”

河水在树荫的遮蔽下变得凉爽无比。河面逐渐扩大，形成一个个池塘，要很大的动静才会惊扰到池塘边的蕨类植物。池塘里有些小石块，人们能踏着它们从水边的半岛上走进池塘欣赏四周的水。池塘边，一片树叶悄声落下，无声地随波逐流，在水中轻轻地打着旋儿。

“保罗，塔楼里住着谁？”玛格丽特问。她拿着一棵蕨类植物，一边用它轻轻地扫自己的手背一边说：“我知道有人住在那里，因为有一次我看见有人在窗户边走动。”

“没人住在那儿，”保罗笑着说，“你不会以为我们关了一个政治犯吧？”

玛格丽特说：“一开始我以为是鸟。”能跟人分享这事她感到很开心。

“不，”保罗说，仍然觉得好笑，“可能是一位姑妈或者一位曾姑母，甚至可能是一位曾曾曾姑母。但她不住在那儿，她跑去那儿是因为她受不了那些挂毯。”他笑着说，“她在塔楼里塞满了书，还放了一只巨大的老猫，大家只知道她有时候会在里面捣鼓炼金术。你从没见过她的原因可能是她有隐身之术。有时候，她会整日整日地待在楼下。”

“我会遇见她吗？”玛格丽特好奇地问。

“也许吧，”保罗说，“也许哪天晚上她会想下来正式地吃顿晚餐，或者当你坐在草坪上时，她会不经意地走到你身边介绍自己。除此之外，你可能永远没机会见到她。”

“假如我上塔楼去找她呢？”

保罗奇怪地瞥了她一眼说：“如果你想去也没什么不可以。我以前就去过。”

“玛格丽特，”卡拉在树林的另一边喊道，“玛格丽特，如果你不赶快结束河边冥想的话，我们就要迟了。”

这段时间里，玛格丽特几乎每天都会在房子里发现新的地方。例如扇子房——墙上挂着最精致的丝绒扇子，象牙扇骨上描画着精美的微型画。还有一个小房间，靠窗的一面摆放着闪闪发亮的玻璃陈列架，架上摆满了令人惊叹的精美木质、玻璃制或金属制水果、鲜花和树木。此外，她每天都来回经过那扇通往塔楼楼梯的门，每天都小心翼翼地绕过地板上“玛格丽特，为爱而逝”的瓷片字样。

她终于再也压抑不住去塔楼一探究竟的欲望了。每天都经过门口好几次，却只能偷偷地碰碰门上的嵌板，把头靠在门框上听听门里有没有上下楼的脚步声，或是呼唤她的声音实在令玛格丽特难以忍受。于是，这天一大早她便来到门外，紧紧地握住门把手，想要拉开那扇门。可门轻而易举地就打开了，仿佛松了一口气似的。经过了这么多的暗示与旁敲侧击，这么久的等待与失望，玛格丽特终于打开了这扇门。

看着灰色石头铺的粗糙楼梯，玛格丽特想，这楼梯对于一位老太太来说怕是陡了一些。但玛格丽特毫不费力地爬了上去，尽管心里有些胆怯。她小心翼翼地迈着脚步，轻抚着两边温暖的石墙，一边向上看一边沿着旋转而上的楼梯转了一圈又一圈。她很希望在她爬到楼顶前有人看见她或和她说说话。她甚至想，也许塔的墙壁其实是透明的，人们其实从外面就可以看到。那么草坪上的罗兹太太和卡拉——如果他们会抬头望向塔楼的话——也许会看着她的身影相视而笑，彼此点头示意着说：“玛格丽特，终于还是上了塔楼。”

让玛格丽特没想到的是，一扇厚厚的木门突然出现在楼梯的尽头。她只能站到下一级台阶上，以便让出空间举手敲门。高大的木门衬得玛格丽特身形矮小。即使已经站在了塔顶，她也不觉得自己高大。

在玛格丽特敲了两次门后，门里终于传来那位姑婆的声音：“进来吧。”第一次敲门后，门里是满怀期待的沉默，仿佛有人在心里悄悄地说：“是有人在敲门吗？”然后等着被第二次的敲门声说服。因为用力敲门，玛格丽特的指关节被沉重的木门弄痛了。她站在门下的台阶上，笨拙地打开门，心想：“如果我知道路就会简单得多。”她走了进去，环顾四周，然后礼貌地说：“我是卡拉的朋友。他们说我可以到塔楼来看看。当然，如果您不愿意，我也可以马上离开。”她本来打算说得更优雅些，不要让人听出是罗兹夫妇邀请她到塔楼上来的，但是爬了很高的楼梯之后她有些喘不上气，顾不上使用准备好的动听语句，只得脱口而出了。

一位老太太坐在圆形房间另一边的靠窗处，强烈的光线对比让人看不清她的脸。不管怎样，这位姑婆仍不失礼貌地说：“他们居然把我的事告诉了你，真奇怪。但是，既然你已经来了，我也并不是真的不欢迎你，就请你进来坐吧。”

玛格丽特顺从地走进房间，坐到石头长凳上。石凳沿着窗边环绕房间一整圈，所有窗子都迎风敞开着。风总是从各个方向涌进塔楼房间，让说话声变得七零八落、难以听清，甚至连看清屋里的陈设都有些费劲。

似乎是为了立即表明自己的主人地位，老太太正襟危坐，向着那些窗户摇摇手，笑着说："它们就是我的挂毯。"她看起来比姑婆辈的人年轻，但又远超姑妈辈的年纪。她声音洪亮，能轻易穿透塔楼房间里的风声，而且她在窗前的身影显得很健壮结实，看起来丝毫不会恐高头晕或者爬不上楼梯。

"我可以看看窗外吗？"玛格丽特有些胆怯，像是在对着身旁的那只猫发问。那只猫神情冷淡，一副对玛格丽特既不讨厌也谈不上喜欢的样子。

"当然可以，尽管看吧。"老太太说。

于是玛格丽特在长凳上转过身，将双臂倚在宽阔的石窗台上。但眼前的景色令她失望：尽管树的高度还不及塔高的一半，但她只能看到下面的树枝和树叶，丝毫不见宽阔的草坪、那些房顶和蜿蜒的小河。

"我以为能从这里看到河水的流向。"

老太太笑着说："那条河不流经这里。"

"我的意思是，"玛格丽特说，"他们告诉过我，那条河环绕着这座房子。"

"谁告诉你的？"老太太问。

"保罗。"

"噢，"老太太说，"他回来了，是吗？"

"他回来好几天了，但很快又要走了。"

"你叫什么名字？"老太太向前探了探身子问。

"玛格丽特。"

“啊，”老太太又说，“我也叫这个名字。”

玛格丽特觉得这时回答“真好”不大合适，而回答“是吗？”“难以想象！”“太巧了！”之类的话也会让她觉得自己很傻，于是她只迟疑着笑了笑，打消了回答“多么可爱的名字”的念头。

“他应该早些来，也早些走，”老太太继续说，仿佛在自言自语，“那样我们就可以把一切抛诸脑后了。”

“把什么抛诸脑后？”玛格丽特问。虽然她觉得老太太的自言自语并不是对自己说的，但这些话背后似乎隐藏着与名叫“玛格丽特”的人相关的更多秘密，也是这位老太太与她自己反复谈及的话题。虽然年轻的玛格丽特闯进了她的世界，也只能暂时打断她的自我对话。玛格丽特再次问道：“把什么抛诸脑后？”

老太太回头看着玛格丽特说：“我是说，他早该结束探亲离开家了，那样的话我们现在就都解脱了。”

“我明白了，”玛格丽特说，“嗯，我想他待不了几天了。他这几天正说要走。”说这话时，她的声音不由自主地微微颤抖了一下。为了向老太太证明她并没有颤抖，她接着用近乎桀骜的语气说：“他走了以后，这里会很寂寞的。”

老太太说：“玛格丽特，你和我，我们会摆脱困境的。离窗户远点儿，孩子，你会淋湿的。”

玛格丽特这才发现，暴风雨赶走了朗朗晴日，已经笼罩着这座房子很久了，风更大了，通过塔楼的窗户刮进细密如针的雨丝。猫的黑色皮毛上凝结着水滴，玛格丽特感到一侧的脸被雨打湿了。她问：“您要关上窗户吗？需不需要我帮您——”

“我不介意。”老太太说，“塔楼这边不是第一次下雨了。”

“我也不介意。”玛格丽特急忙说，然后离开了窗边。她发现自己正一边回头盯着那只猫，一边紧张地补充说：“当然，淋湿了就——”那只猫也毫无表情地盯着她，她犹豫了一下，带着歉意说：“我是说，有些人不喜欢淋湿。”

那只猫故意背过身去，把脸靠近窗户。

“您刚刚说保罗怎么了？”玛格丽特问老太太，不知怎的，她觉得老太太和猫、塔楼以及雨之间可能有什么联系。这些联系甚至可能会让玛格丽特突然明了自己的角色，以及自己为什么在犹疑中迟迟未离去。她接着说：“您知道吗，他很快就要走了。”

老太太说：“要是现在一切都已经结束了就好了。你知道的，这些事情花不了很长时间。要我说，越快越好。”

“那的确是。”玛格丽特机智地说。

“毕竟，”老太太头发上带着雨滴，如梦呓般说，“有时候我们无法预知将要发生的事情。”

玛格丽特想尽快礼貌地结束对话下楼擦干衣服。她刚才之所以还耐心地待在这儿，只是为了听老太太谈论保罗，哪怕与他只有一点点相关也好。而且，现在大风卷着雨水从窗外打进来，直扑到玛格丽特身上，让玛格丽特感觉自己、老太太、书和猫都会被暴风雨从塔顶冲刷出去。

“如果可以，我愿意帮你。”老太太诚恳地对玛格丽特说，她不得不在风雨中提高音量，听起来就像在尖叫。她站起来走向玛格丽特，玛格丽特以为老太太快要摔倒了，伸出一只手去抓住她。这时猫站了起来唾出了些东西，雨从窗外横扫进来，玛格丽特抓着老太太的手，在风雨声中听到四面八方传来好多声音，有的说：“再见，再见。”还有的说：“都失去了。”也有声音说：“我会永远将你铭记。”还有一个声音说：“太黑了。”然后，她听到远处传来一个声音：“回来，回来。”接着，老太太松开了玛格丽特的手，声音消失了。猫后退着，老太太冷冷地看着玛格丽特说：“就像我刚才说的，如果可以，我愿意帮你。”

“真对不起，”玛格丽特虚弱地说，“我以为您要摔倒了。”

“再见。”老太太说。

3

在舞会上，玛格丽特借了卡拉的一件蓝色薄蕾丝花边长袍穿，头发上插着黄色的玫瑰。她从扇子房里拿了一把扇子，是一把精美的象牙骨扇。它应该很坚固，掉在地上两次也没摔坏。展开扇面会看到扇骨上画着这栋房子，合上扇子后房子就看不见了。罗兹太太挑了这把扇子借给她用，给了卡拉另一把，所以当玛格丽特和卡拉跳着舞错身而过时，或在潘趣酒碗[1]边添酒遇见时，又或者在大厅里碰面时，都会兴高采烈地问对方：“你的扇子还在吗？我把我的借给别人拿一分钟。我把我的给大家看了。你还带着你的扇子吗？

1 潘趣酒源于印度，添加不同的水果、糖等原料调和而成，多用大碗调制盛装。

我还拿着我的。”

玛格丽特与不熟悉的宾客还有保罗跳舞。与保罗共舞时，他们总远远地离开人群，在挂着画的长廊上跳，在长廊的立柱间跳。这些立柱的尽头是大厅，而大厅则通往镶嵌着瓷片的房间。在他们身旁，身着深红丝绸、绿色缎面或白色天鹅绒长裙的女士们在跳舞。身着黑裙、佩戴钻石项链和戒指的罗兹夫人站在高处，时而对着舞者们微笑，时而挽起罗兹先生的胳膊一起迎接那些穿过立柱微笑着走进来的客人。入场的客人们迫不及待地四下打量，脚步已然开始随着音乐的节奏而移动。一位女士戴着白色羽毛头饰，长长的羽毛直垂到肩膀。另一位女士臂上绕着粉色丝巾，跳舞时丝巾会在身后随之飘动。保罗穿着矜贵的制服。卡拉头上簪着红玫瑰与上尉共舞。

“你明天真的要走了吗？”今晚玛格丽特已经问过保罗一次。她知道答案，之前已经问过好几次，但还是忍不住要问。似乎这个问题在他们之间建立起了某种联系：他有权离开，她有权知道。这联系对她来说是一种哀伤的甜蜜。

“我说过你可以去见姑婆。”保罗说，仿佛是在回答她的问题。玛格丽特顺着他的目光望去，看见了塔楼上的老太太。她身穿黄色缎子衣服，非常端庄矜持地在舞者中穿行，如果有谁离她太近，她会把裙摆拉到一边。她正朝玛格丽特和保罗走来，他们坐在靠墙的小椅子上。走到近前时，她微笑着看着保罗，伸出手对他说：“很高兴见到你，亲爱的。”

然后她对玛格丽特笑了笑，玛格丽特也回以微笑，很庆幸老太太没有向她伸出手。

“玛格丽特告诉我你在这儿，”老太太对保罗说，“所以我又下来见你了。”

“我很开心，”保罗说，“我非常想见你，差点儿去塔楼上找你。”

他们俩都笑了。玛格丽特细细端详着两个人，为他们如此相似而暗自惊诧。玛格丽特端坐于窄椅上，蓝色蕾丝裙优雅地垂下。她双手得体地交叠于膝上，细听他们的谈话。保罗给老太太搬来一把椅子让她坐下。他们说话时眼角眉梢都含着笑，一直看着对方，头靠得很近。

“你看上去很壮实，”老太太说，“非常壮实。”然后她叹了口气。

“你看上去气色很好。”保罗说。

“唉，”老太太说，“我老了。我自己知道。”

“我也老啦。”保罗说。

“不明显，”老太太摇摇头，认真地审视了一会儿，接着说，“我觉得你永远不会老。”

这时，上尉走过来对玛格丽特鞠了一躬。玛格丽特接受他的邀请，起身与他共舞，心里十分希望保罗能注意到这一幕。

上尉说:“我看见你一个人坐在那儿，就赶紧抓住了这个我等了整晚的机会。”

“真是绝妙的战术。”玛格丽特说。她心里想，没准儿这话在舞会上对人说了成千上万次了。

“如果我的目标总是如此让我心动的话，我的确有可能成为一位卓越的谋略家。”上尉殷勤而熟练地用这套舞会上惯用的说辞恭维玛格丽特。

“我刚看见你和卡拉跳舞了。”玛格丽特说。

“她呀。”他一边说一边比了个手势，暗示卡拉比不上玛格丽特。玛格丽特刚刚也看见他对卡拉做了同样的手势，那时可能是在指玛格丽特。她笑了。

“我忘了我要说什么了。”她说。

“你应该说，”他认真地对她说，“你真的这么快就要走吗？”

“你真的这么快就要走吗？”玛格丽特顺从地说。

“很快就会回来。”他更紧地搂住了她的腰。现在该玛格丽特说话了，她说：“我们会非常想念你的。”

“我会想念你的。”他以一种铁汉柔情式的语气回应道。

他们跳了两支华尔兹，随后上尉十分绅士地护送她回到她的座位，一旁的保罗和老太太仍在热烈交谈，时而发笑或辅以各种手势。上尉啪的一声并拢脚跟，然后向玛格丽特深深鞠了一躬。

“你自己一个人待一会儿没问题吧？”他问，“卡拉可能在找我。”

“没关系。”玛格丽特说。上尉匆匆离去，她转身去听保罗和老太太在说些什么。

“我记得，我记得，”老太太一边笑一边用扇子轻敲保罗的手腕，说，“没想到我现在竟会觉得这事很有趣。”

“那时候本来就很有趣。”保罗说。

“那时我们太年轻了，”老太太说，“我都有点儿记不清了。”

她突然站了起来，向玛格丽特微微欠身，然后从舞者中穿行而去。保罗送她到门口，然后回到玛格丽特身边。他在她身边坐下，问：“你见过老太太了？”

“我去了塔楼。”玛格丽特说。

“她跟我说了。”他低头看着他的手套，有些心不在焉。过了一会儿，他抬起头来，带着几分愉悦说：“怎么一直没演奏华尔兹舞曲？”

*

第二天清早，太阳还没从河畔升起，大家就坐在了早餐桌前。罗兹夫妇坐在长桌的两端，卡拉和上尉、玛格丽特和保罗坐在餐桌的两侧。卡拉摘下了昨晚簪在头上的红玫瑰，它们已经凋谢了。玛格丽特头上的黄玫瑰也已经摘下。但卡拉和玛格丽特仍然穿着舞会礼服。因为她们穿了太久，以至于现在看起来竟十分自然，让人不禁怀疑她们一直都穿着这身衣裙。而那互相帮着穿上华服，互相欣赏并把裙上的皱褶抹平，好让它优雅垂下的场景似乎是久远的回忆，甚至可能是一个从未发生过的梦境。就如餐厅墙上挂毯中的人物那样，暗暗地铭记着想象中的自己穿衣打扮，用轻快的声音说笑着走到草坪上坐下绣花的场景。玛格丽特看着卡拉，心里想：“从没见过卡拉穿这件白色软袍高高束起头发的样子。以前也这样束过吗？头发也是卷的吗？还是一直都是这个发型？还有她手里的扇子。她是不是一直都拿着那把扇子？”当卡拉稍稍转动她修长的脖颈时，玛格丽特仿佛看到了画廊里一幅肖像里的主人公。保罗和上尉的制服仍算笔挺。他们将在日出后离开。

“你今天早上真的要走吗？”玛格丽特低声对保罗说。

“有劳几位一夜没睡来道别。”上尉向前微倾，看向坐在稍远处的玛格丽特，似乎对她表示格外感谢。

“每次我儿子离家，”罗兹太太说，“对我来说都像是第一次。”

上尉突然转向罗兹太太说：“今天早上我看到门前的草地有一块缺损。能修补吗？”

“我没注意。”罗兹太太一边说一边紧张地看着罗兹先生。罗兹先生冷静地将手放在桌上说：“我们会尽力维护好这房子。”

“还有湖边那尊破碎的雕像呢？”上尉说，“以及您身后墙上织锦的裂口又该怎么办？”

“你没必要关心这些。”罗兹太太温和地说。

“没办法呀，”他对她说，“不可能不注意到。比方说，鱼都快死了。今年藤上都没有葡萄了。您绣棚旁的地毯都烂成一缕缕的了。”他向罗兹太太欠了欠身，说，“而且房子本身……”他向罗兹先生欠了欠身，接着说：“温室的窗户上有一道明显的裂缝，坚固的石块上也出现了一道裂缝，那个你要怎么修？”

罗兹先生有些心虚地说：“你不能只看到这些。阳光洒进明亮的客厅时的美景你注意到了吗？肖像画廊里那些美丽的画作你最近看了吗？走在绿油油的草坪上时，你难道只注意到缺损的地方？”

“客厅简直破旧不堪。”上尉轻声说，“青色织锦缎沙发的扶手上有一个裂口。地毯已失去光泽。金色房间里，四把小椅上的镀金已经斑驳。银色房间里的银漆被刮花了。‘玛格丽特，为爱而逝’

那里，她镶嵌肖像画的脸部缺了一块瓷砖。画廊里，您曾曾曾祖父的画像……”他再次向罗兹先生鞠躬，接着说：“画像上的油彩已有些褪色了。”

罗兹先生和罗兹太太互相看了看，然后罗兹太太说：“一定要因为这些事责怪我们吗？”

上尉脸红了，摇了摇头。

“我的刺绣快完成了，”罗兹太太说，“只要把人物放上去就完成了。”

“我来修补织锦缎沙发。”卡拉说。

上尉环顾桌边的各位，叹了口气说：“我得收拾行李了。即使我们冒犯了可爱的女士们，也不能耽误我们履行职责。”罗兹太太冷冷地转过身去，站起来离开了桌子，卡拉和玛格丽特也随她离开。

玛格丽特快步走进瓷屋，在那里，“玛格丽特，为爱而逝”那张苍白的脸永远凝视着窗外的天空。玛格丽特心想，那白净的脸颊上确实少了一块瓷砖，缺损的地方看上去像是一滴泪。她跪了下来，摸了摸那张脸，以确定那不是一滴泪。

然后她慢慢地穿过那些可爱的房间，穿过宽阔的铺着玫瑰色和白色瓷砖的大厅，走进客厅，然后停下来关上身后高高的门。

“真的少了一块瓷砖。”她说。

保罗转过身来，皱了皱眉头。他独自站在客厅里，身着制服的他高大俊朗，正准备出发。“你看错了，”他说，“不可能少了东西。”

“我看见了。”

“你知道吗，那不是真的。”他说。他在房间里一边快速地来回踱步，一边用手套拍打着手腕，不时紧张地瞥一眼门口或者看一眼对着大理石楼梯的高窗。他说:“这房子和以前一模一样，一点儿也没变。”

“可是那破旧的地毯……”他此时正走在那地毯上。

“胡说八道，”他粗暴地说，“我还不了解自己家的房子吗？我从来都很关心它，即使他们忘记了我也从没忘记。没有这所房子，我就无法存在。有我在这儿，它怎么可能崩塌？”

“你有什么办法能阻止房子老旧呢？你知道的，地毯会磨损。除非换掉……”

“换掉？”他盯着她，好像她说了什么恶毒的话，“这房子里有什么东西是可以被替换的呢？”他轻轻地摸了摸罗兹太太的绣绷，说:“我们只能增添。”

房间外传来声音，是一家人从主楼梯下来道别。他快速转过身来，仔细听着，似乎他一直在期待这个声音。他急匆匆地对玛格丽特说:“我会永远记得你。”然后又转过身对着那排高窗说:“再见。”

“外面天好黑，”玛格丽特走到他身旁说，“你还会回来吗？”

“我会回来的，再见。”他决然地说，然后他迈出餐厅长窗的窗沿来到台阶上，身影也在白色大理石上随之闪现。玛格丽特一动不动地矗立在窗前，目送着他走下台阶，穿过花园。“逝去了，逝去了，”她隐隐听见远方传来微弱的声音，“一切都逝去了。”

她转身回到屋内，避开地毯上那块破旧的地方，远远地绕开罗兹太太的绣棚，走到大门前打开了门。门外，在铺着玫瑰色和白色瓷砖的大厅里，罗兹夫妇和卡拉还有上尉站在一起。

“孩子，”罗兹太太说，“你什么时候再回来？”

“您别生我的气，”上尉说，“我会尽快回来的。”

卡拉静静地站在一边说：“自己当心。”然后又说：“哥哥，玛格丽特来跟你道别了。”

“孩子，别犹豫不前了，”罗兹先生说，“女士们会受不了。”

卡拉对她哥哥说：“你在这儿的时候，玛格丽特和我计划要一起和你做很多事。时间太短了。”

玛格丽特站在罗兹太太旁边，转向卡拉的哥哥（还有保罗，但保罗是谁？）说：“再见。”他向她鞠了一躬，然后和父亲一起走到门口。

“送他离家太让人伤心了，”罗兹太太说，“也不知道他什么时候再回来。”接着，她轻轻地把手放在玛格丽特的肩上，说：“我们再带你参观一下房子的其他地方。有一天，我看见你想打开那座坍塌的塔楼的大门。你去过花厅吗？喷泉屋呢？”

“等我哥哥下次回来，”卡拉说，“我们举办一个音乐之夜，也许他还会带我们去划船。”

“那我呢？”玛格丽特笑着说，“我也不能一直在这儿做客啊？”

罗兹太太最后看了一眼罗兹先生和上尉离开的那扇门，把手从玛格丽特的肩上拿下，说：“我得去做绣活了。儿子回来后我就放到一边了。”

“在我哥哥再回来之前，你不会走吧？”卡拉问玛格丽特。

“只要把这些人物绣进画面的前景里就完成了。”罗兹太太说。

在去客厅的路上，她稍停了一下，说:“你要是坐在河边的草坪上，我一定把你也绣进去。”

“我们要为那幅画做模特啦，”卡拉笑着说，“玛格丽特，过来坐在我旁边的草坪上，好吗？”

贤妻

THE GOOD WIFE

詹姆斯·本杰明先生给自己倒了第二杯咖啡，叹了口气，伸手到桌子另一边去拿奶油。“吉纳维芙，”他不慌不忙地转过身来说，“给本杰明太太送去早餐了吗？”

“她还在睡觉，本杰明先生。我 10 分钟前上去看过。”

“小可怜。”本杰明先生一边说，一边拿起面包片。他又叹了口气，把不值一读的报纸丢在一边，然后很高兴地看到吉纳维芙送来了当天的信件。

“有我的信吗？”他问道。这个发问其实多此一举，因为答案马上就能揭晓。他之所以问这样无趣的问题，不过是为了制造一些互动。他又问了一次：“有寄给我的吗？”

吉纳维芙十分守礼，并没有翻主人家的信件，只回答说：“本杰明先生，所有信件都在这里。”她这样回答是为了避嫌，以免让本杰明先生怀疑自己刺探他关于生意或是女人的信息。

信件中照例有来自不同百货公司的账单，这是本月收到的第三批账单，其中最近的日期是上个月的10号，当时本杰明夫人第一次让人把账单送到她的房间。这些都是琐碎小事，本杰明先生把账单和那些宣传内衣、菜肴、化妆品和家具的广告放在一边，过一会儿本杰明夫人会有兴趣看它们。信件里还有一张银行对账单，本杰明先生生气地把它扔到咖啡壶边，并不想马上打开。此外还有三封私人信件——一封是一位意大利的朋友写给他的，主要赞叹了当地的天气；另外两封是写给本杰明夫人的。本杰明先生毫不犹豫地打开了第一封信，读了起来。是本杰明夫人的母亲寄来的：

> 亲爱的，我只想简短地跟你说一声，我们10号就要走了。我仍然希望你能和我们一起去。直到我们上船的那一刻，我们都会等你的回音。你甚至不需要带行李，因为我们打算在巴黎购买所有的东西，而坐船反正也用不到太多东西。当然了，一切看你自己喜欢。我们原以为你肯定会来，却不明白你为何在最后一刻改变了主意。当然如果这是詹姆斯的意思，我想你也别无选择。不管怎样，你和詹姆斯如果最后决定一起去，一定要告诉我，我会把我们的地址寄给你。同时，照顾好自己，记住我们一直在想念你。
>
> 爱你的，
>
> 妈妈

本杰明先生把这封信搁在一边留待以后回复，然后打开另一封寄给他妻子的信。他猜想这是一位她以前的朋友写来的，因为他没听过这个名字。信里写着：

海伦，亲爱的，刚刚在报纸上看到你的结婚启事了。太棒了！我们认识那个幸运的男人吗？不管怎样，我们一直说你会是第一个结婚的，现在你却成为最后一个。当然了，史密蒂还没结婚，但我们从没把她算在内。不管怎么说，道格和我很想见你。既然我们又联系上了，我会等你的回信，告诉我你和你的新老公什么时候能来拜访我们。只要周末都行，告诉我们火车班次就好。

充满爱意和祝福的，

琼妮

这封信根本不需要回，但本杰明先生还是把它搁在一边。他给自己倒了第三杯咖啡，尽管百货公司的无聊广告与晨报上的可怕消息纷至沓来，他仍然平静地喝完了咖啡，然后站起身，整理好广告和报纸。他看到吉纳维芙站在厨房门口，于是对她说："我喝完了，谢谢，吉纳维芙。本杰明太太醒了吗？"

"我刚要给她送早餐去，本杰明先生。"吉纳维芙说。

"好的，"本杰明先生说，"我乘 11 点 15 分的火车去办公室，我自己开车去车站，晚上 7 点左右回来。我不在的时候，你和卡特太太会好好照顾本杰明太太吧？"

"当然，本杰明先生。"

“那就好。”本杰明先生拿着他的文件，果断地转身走向楼梯，把早餐用过的餐盘、咖啡壶和吉纳维芙漫不经心的目光抛在身后。

他妻子的房间在楼梯的顶端，房间有一扇厚重的橡木门，门上有黄铜装饰的旋钮和铰链，房间的钥匙总是挂在门边的钩子上。本杰明先生第三次叹气，取下钥匙，拿在手里掂了掂。当他把钥匙插进门锁时，他感到房间里有一瞬间慌乱的寂静，接着他听到妻子把早餐托盘放在一边等着开门时，那些盘子发出的格格的响声。本杰明先生叹了口气，转动钥匙打开了门。

“早上好。”他说。他并不看她，而是走到窗前。窗外的花园景色和他从餐厅看到的一模一样，相同的花，相同的远处的街道和房子。他问:“今天早上感觉怎么样？”

“很好，谢谢你。”

从这个角度看出去，可以更明显地看出草坪需要修剪了，他说:“必须找那人来修剪草坪了。”

“他的名字在小电话簿里，”她说，“和洗衣店和杂货店的电话号码记在一起。”她一边说一边移动咖啡杯，发出声响。

“今天也是个好天儿。”他一边说一边仍然望着外面。

“很不错。你会去打高尔夫吗？”

“你知道我星期一不打高尔夫的。”他惊讶地转过身来对她说。一旦看了她一眼，即使不是有意的，他也就发现并不是那么困难了。这些天的早晨她总是一样，但让他每每感到吃惊的是，虽然对于家里其他人来说，她的存在不过是由回忆和她发出的意旨体现的，但在她的房间里，她还是一如既往，无声无息。她有时穿着一件蓝色的睡衣，托盘里放着一个鸡蛋；有时把头发梳到头顶上，而不是披在肩上；有时坐在靠窗的椅子上；有时看他从图书馆带给她的书。但从本质上说，她从未改变，还是当初和他结婚的那个女人，很可能也会是他有一天要埋葬的那个女人。

她跟他说话时的嗓音仍是多年来他听惯的声音，尽管最近她学会了压低声音，不带感情地说话。起初是因为她不喜欢吉纳维芙和卡特太太听到她的声音，但现在是因为她知道对他大声喊叫没有什么好处，反而会把他赶走。她问："有我的信吗？"

"一封来自你母亲的信，一封来自叫琼妮的人的信。"

"琼妮？"她皱着眉头说，"我不认识叫琼妮的人。"

"海伦！"他有些动气，说，"你能不能别再那样说话了？"

她犹豫了一下，然后又拿起咖啡杯，以此清楚地表明无论她之前想说什么，现在也觉得没有必要再说下去。

"我本来不知道她的名字，"他耐着性子说，"但她信上写了。她说史密蒂还没结婚。她还说你结婚了真是太好了，并且问你和老公是不是不久就会去看她。"

"那是琼·莫里斯，"她说，"你为什么不早说，而是让我……"她突然停了下来。

"除此以外没有别的信了。"他故意说。

"除了妈妈，我并不期待其他人的信。"

"弗格森先生是不是把你忘了，你怎么想呢？或者他打算放弃这个苦差？"

"我不认识弗格森先生。"

“这么容易放弃，”他说，“这风流韵事可不怎么……激情洋溢啊。”

“我不认识叫弗格森的人。”她和往常一样保持着沉默，但她把咖啡杯轻轻移到茶托里，饶有兴趣地看着茶托上那只细细的杯子，“我没有外遇。”

他并不理会，继续和她一样看着咖啡杯低声说话，但他的声音听起来几乎是充满了渴盼。“你这么轻易就放弃了他，”他说，“我一句话也没说，可怜的弗格森先生就被抛弃了。而现在他似乎也渐渐放弃解救你了。我感觉已经有将近一个星期没有信了。”

“我不知道信是谁写的。我不认识叫弗格森的人。”

“也许你不认识，也许他在公共汽车上或在餐馆里偶然看到你，从那神奇的一刻起，他就把他的一生献给了你；甚至可能是你把一张纸条扔出了窗外，或者吉纳维芙可怜你……也许吉纳维芙的皮大衣就是你买通她的贿赂？”

“我不太可能会需要皮大衣了吧。”她说。

“那本来是我送给你的礼物，不是吗？你会很高兴知道，吉纳维芙直接来找我，并且主动提出退还那件外套。”

“我想你把它收回了吧？”

“是的，”他说，“我不想让吉纳维芙欠你人情。”

说到这里他已经厌烦了。她无法沟通，因为她不会丢下她的咖啡杯。她当然知道他已经从吉纳维芙那儿拿走了外套和珠宝。他不可能真的相信她从窗户里丢下了一张纸条，或者不知怎的把消息传给了外面的世界。因为他们都知道，她甚至做不到一边紧张地盯着门口一边坐下来颤抖着双手把她的境况写下来，好引人来打开门锁让她出去。即使允许她用铅笔和纸书写，或者她发现可以用口红在手帕上涂写，她也已经不会写诸如“我被丈夫囚禁了，帮帮我”“救救一个被不公正囚禁的不幸妇女”“报警”，甚至“救命”之类的词句了。有一段时间，门一开，她就试图强行冲出房间，但那只是最开始的时候。后来她开始变得阴郁冷漠。在那段时间里，他一直密切监视着她，因为弗格森在来信里（当时几乎每天都有）一直提出各种解救她的方法，而他当时还怀疑她在试图和她母亲联系。然而现在，她态度有所转变。这一切始于她把衣服送给吉纳维芙，开始整天躺在床上，而弗格森的来信也不是那么频繁之后。这让他对她放松了警惕，甚至还允许她买书和杂志，有一次他还为她的房间送了一打玫瑰花。他一直都觉得她不可能狡猾到计划逃跑或者利用这种明显的听天由命的态度欺骗他，所以他以为她已经接受了他的权威。“你记得吧，”他一边这样想着，一边问她，“你随时都可以回归正常生活，再穿上漂亮的衣服，一切照旧的。”

“我记得。”她笑着说。

他朝她走来，朝她的床和咖啡杯走去，朝她的蓝色短睡衣走去，直到他能清楚地看到她头顶上的梳子和散落的细碎头发。“快告诉我，”他乞求地说，“你只要告诉我——只说几句——告诉我弗格森的事，你在哪里遇见他的，还有……”他停顿了一会儿，然后继续严厉地说：“坦白吧！”这时她抬起头来看着他说：“我不认识叫弗格森的人。我这辈子从没爱过任何人。我没出轨。我没什么好忏悔的。我不想再穿我那些漂亮的衣服了。”

他叹了口气，转身向门口走去。“真不明白你怎么想的。”他说。

“别忘了锁门。”她说，转身从桌上拿起她的书。本杰明先生锁上身后的门，站了一会儿，手里拿着钥匙，然后又把钥匙挂在钩子上。然后他疲惫不堪地转身下了楼。吉纳维芙正在打扫客厅，他在门口停下来说：“吉纳维芙，本杰明太太午餐想吃点儿清淡的东西，要不做点儿沙拉。”

“好的，本杰明先生。”吉纳维芙说。

“我不回家吃晚饭了，”本杰明先生说，“我本打算回来的，但想想还是留在城里过夜。本杰明夫人可能需要在图书馆再借一些书，你帮她处理一下好吗？”

“好的，本杰明先生。”吉纳维芙又说。

他莫名其妙地感到犹豫不决，似乎宁愿一直和吉纳维芙交谈也不愿进他的书房。也许是因为吉纳维芙总是会回答“好的，本杰明先生”。他没再说什么，就此走开，进了书房，关门，锁门。他心里想，这两间屋子都锁上了，与屋子的其他部分隔开了，两间屋子相隔很远，中间的所有屋子都没有人住，客厅和饭厅，走廊和楼梯以及卧室都横在中间，将两个房间隔开。他猛地摇了摇头，他累了。他的卧室就在他妻子的旁边，有些夜晚，他很想打开她的门，进去告诉她他原谅她了。但幸运的是他忍住了。他还记得有一天晚上他打开妻子的门，她却用拳头把他赶了出去并且从里面锁上了门。第二天她一言不发地把钥匙还给了他。他怀疑不久之后他甚至白天也不能进入她的房间了。

他坐在办公桌旁，恼怒地用双手按着额头，但他还是得做完该做的事情。他拿起一张印有她姓名首字母的信纸，打开他的钢笔。“最亲爱的妈妈，”他写道，“我那没用的手指头还是太痛了，没法用它写字——詹姆斯觉得我可能是扭伤了，但我觉得他只是厌倦了听我发号施令并代我回信，其实除此之外他也没为我做过其他的事。我们都生病了，所以我们不能和你一起去巴黎了，而且我真的认为我们不去更好。毕竟，我们七月才刚度完蜜月回来，而詹姆斯需要回办公室工作一段时间。他说，也许今年冬天我们可以飞到南美洲去住几个星期，不让任何人知道我们去了哪里、什么时候回来。总之，祝你们在巴黎玩得开心，买很多漂亮的衣服，别忘了给我写信。”本杰明先生坐下来看了看他写的信，叹了口气，拿起钢笔继续写道：“爱你的，海伦和詹姆斯。”他封上信，在信封上写下地址，然后双手交叉在面前，静静地坐在书桌旁，沉思了一会儿。他突然做出了一个决定，打开书桌最下面的抽屉，拿出一盒颜色暗淡的廉价信纸和一支装满棕色墨水的钢笔，然后带着一种严肃的神情，用左手拿起钢笔，开始大胆地写道：“我最亲爱的，我终于想出了一个办法来骗开这个嫉妒的老傻瓜了。我在图书馆和那个女孩谈过几次，我想如果她确信自己不会惹上麻烦的话，她会帮助我们的。我的计划是……”

树林里的人

THE MAN IN THE WOODS

克里斯托弗疲倦地挪动着双脚，因为此外别无他法。他继续沿着这条路走下去，痛恨那些阻碍他前进的树，恨他脚下的尘土，恨天空，恨这条路，恨所有的路，恨所有的一切。从早晨开始，以及之前的一天，再之前的一天，再再前一天，再再再前一天，以及之前已经消逝的无数个日子里，他一直在走。他感觉自己似乎已经这样走了好几年，然而却不断回到他出发的地方。今天早晨他已经走过了田野，现在他正穿过那些繁茂的已经涌进路中间的树。这些树倾斜着，它们那巨大的古老身躯朝他压下来。克里斯托弗是在经过一个十字路口之后进入森林的。他转过弯，走上通往森林的路，仿佛他还可以选择似的。他回头看看另一条路，那条他没有选择的路。那条路平静地穿过田野，穿过城镇，甚至可能在克里斯托弗看不到的某个地方走到尽头。

那只猫在他进入森林后不久就加入了他的行列，它从树丛中迅捷、神秘地跳了出来，让克里斯托弗吓了一跳。但它却很快让克里斯托弗感到莫名的安慰，于是猫便一直留在了他身边。当树木变得茂密的时候，它就会靠近克里斯托弗一些，小跑着跟随他。通常猫在感到害怕时就会偶尔流露出接受人类近距离陪伴的一面。有一次，克里斯托弗坐在路边的一块大石头上休息时，亲切地揉了揉猫的耳朵，拉了拉猫的尾巴，说："伙计，我们去哪儿？你有什么主意吗？"那猫就会意味深长地闭上眼睛，然后再睁开。

"自从我们走进这林子之后就再也没见过房子了。"克里斯托弗后来对猫说过一次。他眯着眼睛望着天空，又补充说："天不久就会黑了。"他不安地瞥了一眼近旁的树，被寂静中仅有的自己的声音激怒了，那些树仿佛在听他说话。它们听着，庄严地彼此点点头。

"别担心，"克里斯托弗对猫说，"世上的路总有去处。"

*

没过多久——大概是天黑前一小时——克里斯托弗和那只猫惊讶地停在了一个路口，因为前面出现了一座房子。一面整洁的石墙一直延伸到路上，烟囱里冒出烟来，门窗没有被钉上，台阶没有损坏，大门的铰链也没有散落。这是一座看起来舒适的、有人气的老房子，由与围墙同样的石料砌成，人们很容易在茂密幽深的森林里找到它，因为它恰到好处地、紧凑地矗立在路的尽头。当然，那其实不是一条真正的路，它只通往这座房子。有一瞬间，克里斯托弗想起了那条很久以前他没有选择的路，他很快向房子的前门走去，后面跟着那只猫。

河水流动的声音从树丛中传来。这条河显然知道走出森林的路，因为它悦耳、清澈地流过干净的石头，不惧怕穿过黑暗的树丛。

克里斯托弗向这座房子走去，就像走进其他房子一样——不论那是农舍、郊区住宅，还是城市公寓。他礼貌而愉快地敲着让人感到温暖的前门。

“进来吧。”一个女人一边打开门一边说，克里斯托弗走了进去，猫紧随其后。

那女人后退一步，眼睛睁得大大地打量了克里斯托弗一会儿。他也看着她，发现她还年轻，虽不像他所想象的那么年轻，却不像是会独居在森林深处的年纪。

“我在这儿住了很久了。”她说，仿佛读懂了他的心思。他想，等走出这黑暗的走廊，她也许会看起来更年长一些。她的头发微微卷曲，有些贴在脸上。她有一双与其他面部特征不成比例的大眼睛，让她看起来似乎总是在努力想要在昏暗的森林中看清什么。她穿着一件绿色长裙，腰间系着一条腰带——后来他看出那腰带是用草编成的绳子——光着脚。当他不安地站在门里与她打量彼此时，猫则在大厅里转，好奇地停在角落和紧闭的门前，然后向上看了一眼位于大厅另一边的，没有灯光的楼梯的尽头。

“它闻到了另一只猫的味道，”她说，“我们也有一只。”

“菲莉丝。”一个声音从房子后面传来。那女人紧张地对克里斯托弗笑了笑，说：“请跟我来。我不该让你久等。”

他跟着她来到大厅另一边靠近楼梯的那扇门，她打开门，灯光照了出来，他心中充满了感激。他被直接带进一个温暖的大厨房，桌上和架子上点着三盏煤油灯，壁炉里燃着熊熊的火。在森林傍晚的昏暗中，它们一起照亮了房间。另一个女人站在火炉旁，看着正冒着热气、散发着强烈洋葱和香草香气的锅。在这难以置信的温暖、光明和洋葱香味面前，克里斯托弗和那只猫一样，闭上了眼睛。

“那么，”坐在炉子旁的那个女人转过身来，像之前那个女人一样仔细地打量着克里斯托弗，然后把目光转向厨房墙壁上一片粉刷过的地方，那里有一些线条和十字标记，像是一个粗略的测量系统，然后她果断地说，“改天吧。”

“你叫什么名字？”第一个女人问克里斯托弗。

“克里斯托弗，”他轻松地回答，又问，“你呢？”

年轻女人说：“菲莉丝。你的猫叫什么？”

克里斯托弗微微一笑，说：“我不知道。它都不是我的猫。”他的声音在洋葱的香气中变得有力起来，接着说：“它只是跟着我到这儿来的。”

“我们得给它起个名字。”菲莉丝说。说话时，她总把目光从克里斯托弗身上移开，只在停止说话后才把她那超大的眼睛又转向他。“我们的猫叫格里马尔金。”

“格里马尔金。”克里斯托弗说。

“她是，”菲莉丝指着厨师说，“茜茜阿姨。”

“是瑟茜，”年长的那位妇人面对着炉子强调说，“我从出生时就叫瑟茜，到死的时候也仍然叫瑟茜。”

虽然从她站立的姿态和单调的声音来看，她似乎比菲莉丝大的多，但克里斯托弗在灯光下清楚地看到了她的脸——她看起来精力充沛，眼神清澈。当她轻而易举地把大铁锅从炉子上搬到厨房中央的石桌上时，她手臂的力量让克里斯托弗感到惊讶。那只猫跟着克里斯托弗和菲莉丝走进厨房，悄悄地跳到桌子旁边的长凳上，然后又跳到桌子上。菲莉丝小心翼翼地看了克里斯托弗一眼，然后轻轻地把猫推下桌子。

“我们得给你的猫取个名字。”她语带歉意地说，这时那只猫跳了下来，并没有生气。

“叫咪咪吧，”克里斯托弗无奈地说，“我总是叫猫‘咪咪’。”

菲莉丝摇摇头，她正要说话，瑟茜阿姨却瞥了她一眼，阻止了她。于是菲莉丝快步走到厨房角落里的一个铁箱子旁，从箱子里拿出一块布铺在桌上，然后又拿出四套石头做的盘子和杯子放在桌子上。克里斯托弗背对着桌子坐在长凳上，借此姿势清楚地表明他并无意自说自话地坐在饭桌边，只是因为累了才坐在长凳上。此外，他也想表明，除非受到热忱而明确的邀请，否则他不会在饭桌边晃来晃去。

“大家都准备好了吗？”瑟茜阿姨说。她的目光扫过桌子，调整了一个叉子的位置，然后后退一步，却始终都没有看克里斯托弗。然后她走到门边的那面墙，挺直腰安静地站在那里，菲莉丝也走到她身边站好。克里斯托弗转过头去看她们，而当他听到大厅传来的脚步声时，他不得不再次转过身来。一分钟后，门开了。两个女人恭恭敬敬地站在墙边，克里斯托弗也不由自主地站了起来，他感觉进来的应该是房子的主人。

*

这一个暮年将至的人，虽然他挺着胸，硬邦邦地将双肩后展，但感觉它们随时都会松懈下来。他满脸皱纹，疲惫不堪，嘴角和肩膀一样垂头丧气地下垂着。他和那些女人一样，穿着一件束腰绿色长袍，也赤着脚。他站在门口，身后是一片漆黑。他的白发柔和地闪着光，那双明亮而好奇的眼睛盯着克里斯托弗看了很久，然后他像那位年长的女人一样，将眼睛望向墙上的简易测量系统。

"我们对你的到访感到荣幸。"他终于对克里斯托弗说道。他声如洪钟，听起来像吹过林间的风声。他没再说话，走到石桌一头的主位坐下，然后向克里斯托弗做了个手势，示意他坐在自己右边。菲莉丝从门边的位置走开，悄然坐进克里斯托弗对面的座位。瑟茜阿姨从铁锅里盛出食物为他们上菜，然后才到桌子另一头的下首坐下。

克里斯托弗低头凝视着面前的盘子，洋葱和肉的香味扑面而来，让他不禁又闭上眼睛享受那香气，然后才开始吃饭。当他抬起头时，可以越过菲莉丝的头顶看到她身后那扇黑暗的窗户，窗外的树紧紧地靠过来，它的树枝蜿蜒着贴在玻璃上，一大团纠缠在一起的树叶和树枝仿佛向房间里伸过来。

"请教尊姓大名？"老人终于开口问克里斯托弗。

"克里斯托弗。"克里斯托弗说。除了他的盘子和窗外，他不敢乱看。

"你走了很远的路吗？"老人问。

“很远，”克里斯托弗笑了，他接着解释说，“虽然我感受到的距离可能比实际走的路要远。”

“我叫奥克斯。”老人说。

克里斯托弗努力打起精神。自从进了这座陌生的房子，他就开始感到迷糊，仿佛已经被那无休止地穿行于树林中的旅途所蛊惑。此外，从黑暗和风声鹤唳的森林中来到这座房子里，又在主人的餐桌旁坐下来，却没有人为他引荐介绍，这也让他感到不安。克里斯托弗咽了口口水，转过身来，看着奥克斯先生说：“您愿意收留我真是太好了。要不是您，我想我只能在树林里徘徊一整夜。”

奥克斯先生向克里斯托弗微微点了点头。

“我想我有点儿害怕，”克里斯托弗尴尬地笑了笑，接着说，“害怕那些树。”

“确实，”奥克斯先生平静地说，“那么多树。”

克里斯托弗不知道是否已经充分地表达了自己的感激之情。他非常想再说些什么，以便进一步明确自己将得到怎样的待遇，例如，他是否可以在这里过夜，还是必须再回到黑暗的树林里去。而如果他留下来过夜，明天早上他是否还能吃到一顿这样美味的饭菜。瑟茜阿姨第二次为他把盘子装满时，克里斯托弗朝她笑了笑。“真是太棒了！”他对她说，“我都不记得上次吃到这么好的饭菜是什么时候了。”

瑟茜阿姨像奥克斯先生之前那样朝他点了点头。

“食物都来自森林，”奥克斯说，“瑟茜在河边采集洋葱。当然，你不需要关心这些事。”

“我想确实不用。”克里斯托弗说。他觉得自己大概不能在这儿过夜。

奥克斯先生接着说:“你明天就能参观这所房子了。”

“我想，是的。”克里斯托弗说，此刻又觉得他应该能留下来过夜。

“今晚，”奥克斯先生故意压低声音说，“今晚，我想听听你的经历，您在旅途中看到了什么，你离开的那个世界里发生了什么。”

克里斯托弗笑了，他确定自己可以留下来过夜了。知道自己不会在清晨前被逐客，他感到很放松。瑟茜阿姨丰盛的晚餐让他很开心，他已经准备好和主人谈话了。

他说:“其实我真的不知道自己是怎么来到这里的。我顺着路就走到树林里来了。”

“你确实得穿过树林才能到这儿。”主人冷静地同意了他的说法。

“在那之前，”克里斯托弗接着说，“我经过了许多农舍和一个小镇，您知道它的名字吗？我本想向那里的一个女人讨顿饭吃，但她拒绝了我。”

这时，他又想起瑟茜阿姨丰盛的晚餐，心里感到温暖，便哈哈大笑起来。

“在那以前，”他说，“我在上大学。”

“那您是个学者。”老人说。

“我不知道为什么。”克里斯托弗终于转向奥克斯先生，坦率地说。“我不知道为什么，”他重复道，“我本来和其他人一样在上大学，但某一天我就突然离开了，没有任何缘由地离开了。”他看了看奥克斯先生、菲莉丝以及瑟茜阿姨。他们都不置可否地望着他。他停了下来，然后怯生生地说：“我想我来这里之前，经历的事情也就是这些了。”

“他带了一只猫来。”菲莉丝低头轻声说。

“一只猫？”奥克斯先生礼貌地环顾了一下厨房，看见克里斯托弗的猫蜷缩在炉子下面，于是点了点头。接着，他对瑟茜阿姨说：“之前有人带了条狗来。你还记得那条狗吗？”

瑟茜阿姨不动声色地点了点头。

这时，门口传来一个声音，菲莉丝没有起身，说：“那是我们的格里马尔金来吃晚饭了。”

瑟茜阿姨站起身来，走到门边，把门打开。一只与克里斯托弗的黑猫皮色不同但大小相仿的花斑猫漫不经心地小跑进厨房，它没有看瑟茜阿姨，径直朝炉子走去，然后看到了克里斯托弗的猫。克里斯托弗的猫懒洋洋地抬起头，睁大眼睛，盯着格里马尔金。

“它们该不会打架吧，”克里斯托弗一边站起身一边紧张地说道，“我最好还是……”

但他还是迟了一步，只听格里马尔金发出威胁的吼声，而克里斯托弗的猫也发出愤怒的低吼，却没从被它当作床铺的舒适的火炉下面挪开。接着，格里马尔金轻率鲁莽地开始了进攻，却被克里斯托弗的猫打了个猝不及防。它们愤怒地低吼着、尖叫着，纠缠在一起打作一团。不一会儿，格里马尔金突然哀叫着跑出了瑟茜阿姨打开的那扇门。

奥克斯先生叹了口气，问："你的猫叫什么名字？"

"我很抱歉！"克里斯托弗不禁有些担心那只失去理智的猫可能让他们俩都露宿荒野，他说："我去外面找格里马尔金吧？"

奥克斯先生笑了，说："输得这么惨，它没有资格回来。"

"现在，"菲莉丝轻声说，"现在我们可以叫你的猫格里马尔金了。现在我们有一个名字——格里马尔金，但没有猫，所以我们可以把这个名字给你的猫。"

*

那天晚上，克里斯托弗睡在顶层的一个石头房间里，要从大厅里爬上一段黑暗的楼梯才能到达。奥克斯先生拿着蜡烛来到房间，克里斯托弗的猫，现在叫格里马尔金，离开温暖的炉子跟在后面。房间小而整洁，有一张石凳当作床铺。克里斯托弗在主人走后仔细察看房间，惊奇地发现床上居然铺着树叶，上面盖着厚厚的毛皮做成的毯子，那毛皮看上去像熊皮。

"这儿简直就像森林，"克里斯托弗用双手揉着熊皮的一角，对猫说，"还住着一个神奇的家庭。"

和这所房子里所有的窗户一样，克里斯托弗房间的窗户也被树墙挡住了，它们的枝条使劲地撞在玻璃上。克里斯托弗问他的猫："这会不会就是他们用石头建造这所房子的原因？这样树就不会把房子挤倒了？"

整夜，树木摇动的声音进入了克里斯托弗的梦中。他在睡梦中感激地翻身，转向身旁一同睡在大毛被里的猫，它享受地发出呼噜呼噜的声音。

*

早晨，克里斯托弗来到厨房，菲莉丝和瑟茜阿姨穿着绿色的长袍，正围着火炉忙活着。他的猫跟着他下了楼，在厨房里跑到他前面，坐在火炉下，满怀期待地看着瑟茜阿姨。菲莉丝摆好餐具，瑟茜阿姨摆好饭菜。然后她们俩就像前一天晚上一样站到门口，等着奥克斯先生进来。

奥克斯进来时向克里斯托弗点了点头，他们按自己的座次坐好，瑟茜阿姨则为他们服务。奥克斯先生早餐时一直没有说话，饭后他站起身来，示意克里斯托弗跟在他后面。他们走出门厅，门静悄悄地关上，然后奥克斯先生停了下来。

“我想你只看过房子的一部分，”他说，“我们的女仆除非被召唤到这个大厅，否则会一直待在厨房里。”

“她们睡在哪里呢？”克里斯托弗问，“也在厨房里吗？”不过他立刻为自己的问题感到窘迫，尴尬地对奥克斯先生笑了笑，说这个问题不值一答。

但奥克斯先生摇摇头，把手放在克里斯托弗的肩膀上说：“在厨房地板上。”说完他就转过头去，但克里斯托弗仍看得出他在笑，然后，奥克斯先生继续说：“瑟茜睡得离门厅更近一点儿。”

克里斯托弗感到自己的脸越来越红，他很庆幸大厅里光线昏暗，赶紧说：“这是一座很古老的房子，对吧？”

“很老了，”奥克斯先生说，似乎对这个问题感到意外，他接着说，“但仍然充满活力。”

“确实是。”克里斯托弗愉快地说。

“这里面，”奥克斯先生打开了两扇大门中的一扇，“保存着所有的档案。”

克里斯托弗跟在他后面走进去，奥克斯先生走向石桌上立在蜡油里的一支蜡烛，用旁边的火石点着了它。然后他把蜡烛举得很高，克里斯托弗看到墙边堆满了石头，这些石头被堆成松散的形状不规则的架子。有些架子很大，上面放着皮面的书，另一些则放着石板和羊皮纸卷。

“它们非常珍贵，”奥克斯先生伤感地说，“当然，我从来不知道如何使用它们。”他慢慢地走过去，摸了摸放在那儿的一大卷书，然后转过身来，向克里斯托弗伸出他沾满灰尘的手指说道：“不知道怎么利用这些珍贵的东西是我的悲哀。”

看到这些书，克里斯托弗感到很震撼，退到门口。“以前，”奥克斯摇摇头说，“这里还有更多书，多得多。我听说之前这个房间特意被设计得很大，足以保存所有档案。但我不知道这些档案后来是因为什么而损毁的。”

他手里拿着蜡烛，领着克里斯托弗走出房间，随手关上了门。他们穿过大厅，来到另一扇门前。奥克斯先生拿着蜡烛先走了进去，克里斯托弗借着烛光看见那是另一间卧室，比他睡的那间大。

奥克斯先生说：“这是我睡觉的地方，便于保护档案。”

他再次将蜡烛举高，克里斯托弗看见了一张石凳，与他房间里的那张相仿，上面也铺着厚厚的毛皮。床铺的上方，一把闪闪发光的长刀挂在两个固定在石墙里的挂钩上。

“我不过是这些档案的保管员，”奥克斯先生叹了一口气，在烛光里对克里斯托弗笑了笑，接着说，“我们就像两个朋友，一个带着另一个参观房子。”“可是……”克里斯托弗刚开口，奥克斯先生就笑了，他说：“给你看看我的玫瑰。”

克里斯托弗不由自主地跟着他回到大厅，奥克斯先生吹熄了蜡烛，把它放在门边的一个架子上，然后走出前门，来到房子前的一小片空地。整座房子都被延伸至路边的石墙包围着。虽然他们面前的这一块空地里没有树，但也并未因此而显得更加清爽宜人。石墙勉强把树林挡在外面，但和克里斯托弗前一天的感觉一样，浓密的树木仍然想尽办法向房子挤过来，以可怕的姿势包围着这座小小的石头房子。

“这些是我的玫瑰。”奥克斯先生说，语气温暖。他一边说话，一边若有所思地望着森林的另一边，用眼睛丈量着树和玫瑰之间的距离。“都是我自己种的，”他说，“我率先在森林里开拓出这么大一块地方，因为我想在这片荒野里种玫瑰。尽管如此，我也得派瑟茜深入这片森林去寻找玫瑰，然后把它们带回来移植到我的小空地里。”他深情地靠在玫瑰上。这些玫瑰繁茂地依靠着房子的石墙，有一株几乎长得和大门一样高了。而墙外的树木则从高处向他、向那些玫瑰、向这所房子压了过来。

奥克斯说：“每年春天，都需要为它们绑上木桩做支撑。”他后退了一步，把手举过头顶比画着，然后说：“用一根木桩，例如一棵削去树枝的小树苗就可以，瑟茜会把它砍好、削尖。然后玫瑰的枝干就有了支撑，像依靠着墙那样。”

克里斯托弗点点头说：“我想，总有一天玫瑰花会覆盖整个房子的。”

“你觉得会吗？”奥克斯先生急切地转向他问道，“我的玫瑰会吗？”

“看起来会。”克里斯托弗有些尴尬地说，他用手指碰碰第一根木桩，它在房子的石墙映衬下白得发亮。

奥克斯先生摇摇头，微笑着说：“还得看是谁种的。”

*

他们走回房子，穿过门厅，进了厨房，瑟茜阿姨和菲莉丝仍在进门处靠墙站着迎接他们。他们又一次坐在石桌旁，瑟茜阿姨为他们端上饭菜，奥克斯先生在他们吃饭的时候仍然一言不发，菲莉丝和瑟茜阿姨则低头看着她们的盘子。

饭后，奥克斯先生向克里斯托弗鞠了一躬然后离开了房间。菲莉丝和瑟茜阿姨收拾餐桌上的盘子和餐布，克里斯托弗坐在长凳上，而猫躺在他膝上。女士们似乎出奇地忙碌。瑟茜阿姨在炉子上放上许多铁锅，那数量足可为十多人同时准备饭菜。菲莉丝被派去厨房角落里的一个壁橱去拿一件特别的餐具。然而她回来报告说，这件餐具继“上次之后”就丢了，找不到了，瑟茜阿姨只好放下勺子自己去找。

菲莉丝在石板桌上放了一张很大的油酥面皮。然后她和瑟茜阿姨慢慢地、充满爱意地从炉子上的数个锅里舀出一勺勺各式各样的内馅儿放在面皮上。她们间或停下来试一下内馅儿的味道，估计一下用量，用眼神互相询问交流。

“你们在做什么？”克里斯托弗终于开口问道。

“一次宴会。”菲莉丝一边说一边快速地看了他一眼，然后便走开了。

克里斯托弗的猫呼噜呼噜地叫着，看着瑟茜阿姨消失在厨房远处的壁橱里，稍后又拿着一个捆扎好的东西走了回来。克里斯托弗感觉它像是一头处理好的野猪。她和菲莉丝把野猪穿进壁炉前的烤肉叉上，菲莉丝负责坐在一旁不断转动烤肉叉。接着，克里斯托弗的猫跳了下来，跑到壁炉边，坐在菲莉丝身旁，舔舐烤肉叉转动时滴下的油脂。

“参加宴会的是什么人？”克里斯托弗笑着问道。

菲莉丝环顾四周，瑟茜阿姨也从炉边转过身来，厨房里一片寂静，似乎大家都屏住了呼吸。然后，所有人都还没来得及说话，门就开了，奥克斯先生走进来。他从卧室里拿来那把刀，冲着克里斯托弗无奈地耸了耸肩，然后把刀拿给他看。奥克斯先生就座后，瑟茜阿姨又消失在壁橱里。不一会儿，她拿过来一块磨刀石，放在奥克斯先生面前。奥克斯先生开始从容不迫地磨刀，看起来小心翼翼却又乐在其中。他把那明亮的刀片抵着移动着的石头，一点一点地、小心地转动着刀刃。

“你说你从很远的地方来？”在磨刀声中奥克斯先生问道。他的目光暂时离开磨刀石，短暂地落在克里斯托弗身上。

“相当远，”克里斯托弗看着磨刀石说，“我不知道究竟有多远。”

“你以前是个学者吗？”

“是的，”克里斯托弗说，“一名学生。”

奥克斯先生又从刀上抬起头来，看了看墙上标出的数字。

“克里斯托弗。”他轻轻地说，仿佛在琢磨他的名字。

刀刃磨利了，奥克斯先生把它举到炉火前，仔细端详刀身，然后他看着克里斯托弗，诙谐地摇了摇头说：“锋利得无以复加。”

这时，瑟茜阿姨第一次主动开口说话。她说：“太阳落山了。”

奥克斯先生点点头。他看了一下菲莉丝，又看了瑟茜阿姨一眼。接着，他拿着锋利的尖刀走了过去，用没有拿刀的那个胳膊搂住克里斯托弗的肩膀。他问道：“你还记得那些玫瑰吗？如果想要它们长高，就必须在春天把它们绑起来。”

他亲切地搂着克里斯托弗的肩膀，过了一会儿，他拿着刀走到后门，瑟茜阿姨开了门。门一开，树木就现了身，黑暗而贪婪。然后瑟茜阿姨在奥克斯先生身后关上了门。她在门上靠了一会儿，看着克里斯托弗，然后走到一边再次打开了门。克里斯托弗紧盯着门口，然后像瑟茜阿姨料想得那样，慢慢地走到敞开的门边。这时他听到从身后的壁炉那边传来了菲莉丝的声音。

“他在河边，”她温柔地说，“你绕远一点儿，跟在他后面。”

门在克里斯托弗身后牢牢地关上了，他靠在门上，用惊恐的目光望着两边压过来的树木。然后，正当他恐惧地把背紧靠在门上时，他听到了从河边传来的声音。那声音穿过了树林，如此响亮清晰，他几乎没听出来是奥克斯先生的声音。只听那声音说："他是谁，竟敢闯入我的树林？"

家

HOME

埃塞尔·斯隆从车里出来，吹着口哨，蹚过积水的人行道，来到五金店门口。她穿着新雨衣和结实的雨靴。仅在乡下生活了一天，她就变得善于观察天气。她自信地对店员说："这场雨下不了多久。这个季节的雨都下不长。"

店员随和地点了点头。才来了乡下一天，埃塞尔·斯隆就已经认识了大多数当地人。她去过几次五金店，因为"真想不到修缮一所旧房子需要这么多奇怪的东西"。她还去邮局留下了他们的新地址，又去了杂货店，让他们知道斯隆家的百货生意即将全面进驻。此外，她还去了银行、加油站、小图书馆。她甚至还去了理发店门口，宣布："……我丈夫吉姆·斯隆一两天后就到！"埃塞尔·斯隆很满意自己买下了老桑德森家的房子，她喜欢在村里唯一的一条主街上闲逛。最重要的是，她喜欢与大家成为熟人的感觉。

她对丈夫吉姆说："这里的人会让你很快就融入其中，感觉就像你出生在离这里不到半英里的地方那样。"

她心底里觉得村里的店主们应该更殷勤点，记住她的名字。毕竟她给村里的小商店带来的生意可能比他们过去一年的业绩都多。她安慰自己，他们比较内向，需要一段时间才能克服疑虑。我们在这房子里才待了两天而已。

“首先，我想找一个好管道工。”她对五金店的店员说。埃塞尔·斯隆坚信应该直接从当地人那里获取信息。电话黄页上所列的管道工也许技术够好，但当地人总是最清楚谁最适合。况且埃塞尔·斯隆也不想因为雇用不受欢迎的管道工而得罪村民们。接着，她又说：“我还需要壁橱挂钩。我丈夫吉姆是个作家，但干杂活儿也是一把好手。”她心想：主动说出自己家的情况，别人就不会打听了。

“我觉得我们这儿最好的管道工是威尔·沃森，”店员说，“附近大部分管道活都是他干的。这样的大雨天，你从桑德森路上开过来的？”

“当然。”埃塞尔·斯隆感到有些惊讶，“我有好些事要去村里办。”

“可是河水的水位很高。听说水位过高的时候……”

“昨天我们的卡车都顺利过了桥，所以我想今天我的轿车过桥应该也没问题。那桥应该还能撑一段时间。”说完，她心里想是否应该用“一小会儿”而不是“一段时间”，但随即觉得反正早晚对方也会习惯她的说话方式。“再说了，下雨也没什么，我们很多活儿都是室内的。”她对于自己使用了“室内的”这个词感到很满意。

“好吧，”店员说，“当然，如果你坚持，谁也不能拦着你在老桑德森路上开车。不过，下雨时这儿的人大都不开车上那条路。虽然我也觉得那都是些无稽之谈，不过我也不怎么开车出去。”

“今天路上可能确实有些泥泞，”埃塞尔·斯隆坚定地说，“在河水水位很高时开车过桥也可能有点儿吓人，但在乡下生活，这些情况都是免不了的。”

“我不是说那个，”店员说，“您要壁橱挂钩？我想想我们有没有壁橱挂钩。”

在杂货店，埃塞尔·斯隆还买了芥末酱、肥皂、泡菜和面粉。她笑着解释道：“我昨天忘了买。”

杂货店老板问：“你昨天也是在这种天气里走了那条路吗？”

“也没那么糟糕，”她再次感到讶异，“我不介意下雨。”

杂货店老板说：“这种天气，我们都不走那条路。关于那条路有些说法。”

埃塞尔笑着说：“这条路似乎很有名。但它远没有我在这里看到的其他路那么糟糕。”

“好吧，我提醒过你了。”杂货店老板说完这句就不再多言。

我得罪他了，埃塞尔想，我说我觉得他们的路不好，而这些人本来就对我们所住的那片乡村区域有些羡妒。

“这儿的路的确很泥泞，”她语带歉意地说，“但我开车很小心。”

“您多加小心，”杂货店老板说，“不管看到什么。”

“我一直很小心。”埃塞尔·斯隆吹着口哨走了出去，上了车，在废弃的火车站前转了一圈。不错的小镇，她想，他们已经开始喜欢我们了，所以才担心我的安全。吉姆和我这样的人就适合住在这样的地方。我们不适合住在城郊或某个社区，因为我们都是真诚、真实的人。吉姆可以在这里写作，她想，而我会找一个农妇教我怎么做面包。沃森就负责维护我们的水管。

看到五金店和杂货店的店员走到门口目送她开车离开，她有些莫名的感动。她想，他们在担心我。他们害怕一个城市女孩无法适应那条糟糕、“邪门”的路。我当然知道，在冬天这种路况确实糟心。但我可以适应，因为我现在是乡下人了。

她需要开车走出村子，然后离开主路，走上一条蜿蜒在田野和一座农舍之间的土路。接着，她要穿过河上的小桥——在大雨之后，河水水位高得令人不安——最后转到通往桑德森家的陡峭坡道上。埃塞尔·斯隆可以从小河对岸的桥上看到那座房子，尽管夏天的时候，房子会被树遮住。看着这所房子，她骄傲地想，这是一座好房子，我真幸运！它如此骄傲而静谧地矗立在那里，等待着我回家。

*

在一边的山坡上，原属于桑德森家的土地很久以前就被卖掉了，现在坡上散落分布着几座小农舍和几块几近荒废的农田。住在这面山坡上的人通常走的是另一条低一点儿的路。埃塞尔·斯隆有些惊讶而不安地发现，她走的这条路和桥对面只有她一辆车留下的轮胎印，似乎没有其他人走这条路。她想，可能这条路是私人所有，也许这里的人不允许其他人用这条路。过桥时，她抬头看了看房子，心想，这是我自己的房子，哦，不，我们自己的房子。然后她看到有两个人静静地站在路边的雨中。

她想，天哪！居然在这么大的雨里站着。于是她停了下来，摇下车窗问道："需要我载你们一程吗？"透过雨，她看到好像是一个老妇人和一个孩子，浑身都被雨浇透了。埃塞尔·斯隆盯着她们看了一会儿，发现那可怜的孩子正病着。他浑身湿透了，在雨中颤抖着哭泣。她大声喊道："快上车来！不能再让那个孩子待在雨里了！"

他们也盯着她看，老妇人皱着眉头，似乎努力地想听清她的话。埃塞尔想，也许她听不见。于是她穿着漂亮的雨衣和结实的雨靴下了车，走到他们面前。她并不想碰到他们的身体，所以只是靠近那妇人的脸，急切地说："来吧，快点儿！把那孩子带上车，车里比较干燥。你们要去哪儿？我带你们去。"然后，她惊恐地发现，那孩子居然裹在一条毯子里，身上只穿着薄睡衣，就那样赤脚站在泥里。埃塞尔气得发抖，急忙打开后排车门，说："立刻、马上上车，听见了吗？"

老妇人默默地把手伸向孩子，他睁大眼睛，直愣愣地望着埃塞尔·斯隆。然后那孩子向汽车走去，老妇人跟在后面。埃塞尔看着那双在泥泞和石块中行走的赤脚，心里十分反感，她对老妇人说："你应该感到羞愧！那孩子肯定会生病的。"

等到他们终于爬进汽车后座，她砰的一声关上车门，然后回到了驾驶位上。她抬头看了看后视镜，但他们坐在角落里，她看不见他们，于是她转过身去。只见那孩子蜷缩在老妇人身边，而老妇人直视前方，脸色疲惫暗沉。

“你们要去哪儿？”埃塞尔问。然后她提高了声音，再次对老妇人说：“我该送你们去哪儿？得尽快把那孩子弄到室内，换上干衣服。你们到底要去哪儿？我赶快把你们送去。”

老妇人张开嘴，用极其苍老的声音说：“我们想去桑德森。”

“去桑德森？”去我们家？埃塞尔想，要见我们？这两个人？然后她意识到，对当地的老人来说，桑德森这个地名可能还包括了那片盖着一些农舍的土地。她想，他们很可能仍然把这整个区域都叫作桑德森。想到这里，她产生了一丝奇妙的属于封建领主的自豪感。她想，我们是庄园的主人。然后，她的声音变得温柔，问道：“你在雨中等了很久吗？”

“是的。”老妇人说。她的声音听起来遥远而绝望。埃塞尔想，他们的生活一定很凄凉。想象一下，那个老人辛苦地站在雨中等路人帮助。

“没事，很快就能把你们送回家了。”她说着就发动了车子。车轮在泥浆中一直打滑，但终于抓住了地面，埃塞尔感觉到车子慢慢地爬上了山坡。道路十分泥泞，雨下得更大了，车子的后部重重地坠着，像是载着十分沉重的东西。埃塞尔想，简直像是驮着一车钢铁，可怜的老太太，这就是岁月的重量吧。

“孩子还好吧？”她抬起头来问道。她开着车，不能回头看。

“他想回家。”老妇人说。

“我想也是。告诉他很快就到，我把你们送到门口。”她一边说一边想，这是我力所能及的，也许我还可以和他们一起进去看看他有没有暖和过来，可怜的孩子还光着脚。

车子爬坡很吃力，也许这条路比埃塞尔想象的要糟糕一点儿。车行驶在陡峭的弯道上，雨点打在挡风玻璃上，车轮在泥泞中一直打滑，她感觉自己完全无暇环顾四周，甚至没法说话。有一次，她刚说完一句“快到山顶了”，就不得不闭上嘴，手里紧紧握住方向盘。当车子最后摇晃了一次，终于爬上最后一小段斜坡，来到桑德森家前面平坦的车道上时，埃塞尔笑着说：“爬上来了。现在走哪条路？”

没有人回答。她心想，他们吓着了，这孩子一定很害怕，我不怪他们。连我自己也有点儿紧张。于是她又大声说：“我们已经爬上来了，没事了，我们成功了。下面该往哪儿走？”

仍然没有人回答，于是她转过身来，然而汽车后座是空的。

*

那天晚上，埃塞尔·斯隆第十次对她的丈夫表达了不解：“即使他们能在我没注意时从车里出去，也不可能走到我看不到的地方去。我找了又找。”她做了一个强调的手势，继续说：“我在雨里绕着山顶转了一圈，一边叫他们一边四处找。”

“但是车座是干的。”她丈夫说。

“好吧，你不会认为这都是我想象出来的吧？因为我根本不是会凭空幻想出一个老太太和一个生病的孩子的那种人。一定是有原因的，我从不幻想。”

“呃……”吉姆欲言又止。

“你确定你没看见他们吗？他们真的没有到门口来？”埃塞尔追问。

“听着……”吉姆仍然有些犹豫，“你看。”

“我从来不是那种成天幻想自己看到了老太太和孩子的人。你应该也知道，吉姆，你知道我不是成天……”

“呃，你看，”他终于接着说，“可能是有些缘故，我听到一些说法。我从没告诉过你，因为——”

“因为什么？”

“因为你……嗯……”吉姆说。

“吉姆，”埃塞尔·斯隆抿了抿嘴，“我不喜欢这样，吉姆。你是说你有事瞒着我吗？”

“只是个传闻。”吉姆无奈地说。他躲开埃塞尔的视线，继续说：“大家都知道，但不怎么提起。我的意思是，这些事情……”

“吉姆，”埃塞尔说，“马上告诉我。”

“就是有个桑德森家的小男孩被偷了还是丢了什么的。他们认为是个疯老太婆带走了他。大家一直在谈论这事，但谁也不知道确切的情况。”

“什么？”埃塞尔·斯隆站起身，朝门口走去，“你是说有个孩子被偷了，却没人告诉我？”

“不是的，”吉姆奇怪地说，“这是60年前的事了。”

*

第二天早餐时，埃塞尔还在说这件事。她愉快地自言自语道："没有人找到他们。附近的人都去找了，最后认定他们两个淹死在小河里了，因为当时正在下雨，就像现在这样。"说完，她满意地看了一眼敲打在早餐室窗户上的雨。"哦，真不错。"她说着，叹了口气，伸了个懒腰，又笑了笑。"鬼，"她说，"我居然看到了两个真正的鬼。难怪，难怪那孩子看上去那么难看。糟透了！被绑架，然后淹死。难怪。"

"听着，"吉姆说，"如果我是你，我就把它忘了。这里的人不太喜欢谈论这件事。"

"他们居然不告诉我，"埃塞尔说着，又笑了起来，"它们是我们家里的鬼，居然没有一个人告诉我。不搞清楚所有细节，我不会罢休。"

"这就是我之前一直不跟你说的原因。"吉姆不胜其烦地说。

"别傻了。昨天和我说过话的每个人都提到我在那条路上开车的事，我敢打赌他们都迫不及待地想告诉我这个故事。我迫不及待地想看看他们听到我的经历之后是什么反应。"

"不，"吉姆盯着她说，"你不能到处溜达……大肆宣扬。"

"我当然可以！我们已经是这儿的人了。我也已经见过当地的鬼了。今天早上我就进村里告诉大家同时尽力打听更多真相。"

"我希望你别去。"吉姆说。

"我知道你不愿意，但我还是要去。如果我听你的话，我就得一直等到一个合适的时机才能提起这件事，甚至会怀疑自己确实是做了个梦，所以我决定早餐后马上就去村子里。”

“求你了，埃塞尔，”吉姆说，“请认真听我说，人们可能不会像你预想的那样看待这件事。”

“专属于我家的两个鬼。”埃塞尔又笑了，说，“专属呢！我等不及要看村里人的脸色了。”

*

上车前，她打开后门，又看了看座位。座位是干的，没有任何痕迹。然后，她微笑着，坐到驾驶位上，却突然感到一阵异样的寒意。于是她转过身。“怎么回事，”她低声说，“你怎么在这儿？不可能！我刚刚明明检查过。”

“他们是家里的陌生人。”老妇人说。

埃塞尔感到后脖颈爬上一丝凉意，仿佛有什么湿东西爬过。那孩子愣愣地望向她身后，而那老妇人的眼睛空洞无神。埃塞尔压低声音问：“你想干什么？”

“我们要回去。”

“我带你们回去。”雨猛烈地打在车窗上，伸手拿车钥匙时，埃塞尔·斯隆看到自己的手不住地发抖，她告诉自己：别怕，别怕，它们不是真的。接着，她说：“我带你们去。”她紧紧地握住方向盘，把车转向山下。“我带你去，”她再次说，声音含混不清，“我马上带你们回去，我保证，我不会反悔，我保证带你们回你们想去的地方。”

“他想回家。”老妇人说。她的声音听起来很遥远。

“好的，好的。”路面比之前更滑了，埃塞尔·斯隆一边在心里对自己说，小心开车，别害怕，它们不是真的，一边对那两位说：“我这就带你们回昨天遇到你们的地方。”

“他们是家里的陌生人。”老妇人说。

埃塞尔意识到她开得太快了。她感到后座传来的令人恶心的湿冷似乎在推着她，迫使她开快一点儿。

“我会带你们回去的。”她一遍又一遍地对老妇人和孩子说。

“等那些陌生人走了，我们就可以回家了。”老妇人说。

在到达桥前的最后一个转弯处，车轮突然打滑，她使劲握住方向盘，喊道：“我带你们回去！我带你们回去！”

当汽车滑向汹涌的河水时，埃塞尔·斯隆只听到孩子可怕的笑声。一个轮子已经在空中打滑并空转，她用尽全力扳着方向盘，把汽车拉回到路上停了下来。

埃塞尔觉得喘不过气，她哭着把头靠在方向盘上，疲惫不堪。“我差点儿死了，”她对自己说，“它们差点儿把我带走。”她不用看汽车后座也知道，已经没有寒意了。她知道座位已经变得干干的、空空的。

*

五金店的店员抬起头，看到埃塞尔·斯隆，礼貌地笑了笑，然后又仔细看了看她，皱了皱眉说：“斯隆太太，您不舒服吗？是不是因为下雨？”

“我差点儿在路上出了车祸。”埃塞尔·斯隆说。

“在老桑德森路上？”店员放在柜台上的手僵住了，“车祸？”

埃塞尔·斯隆张了张嘴，然后又闭上了。最后，她说：“是的，车轮打滑了。”

“我们不常走那条路。”店员说。埃塞尔刚想说话，又停了下来。

“这条路在这儿名声不好，”他接着说，“今天您需要买点儿什么？”

埃塞尔想了想，最后说：“晾衣夹，我要买晾衣夹。关于桑德森路——”

“怎么？”店员背对着她说。

“没什么。”埃塞尔说。

“给您晾衣夹，”店员边说边把一个盒子放在柜台上，一边说，“顺便问一下，您和先生明晚会来参加家长教师联谊会的活动吗？”

“我们一定来。”埃塞尔·斯隆说。

避暑的人

THE SUMMER PEOPLE

艾利森家美丽的度假屋坐落在一座小山上，离最近的城镇有7英里的距离。从这座山顶小屋的三面向下俯视，都是松软的草地和树木，它们即使在酷热的仲夏也充满活力与绿意。度假屋的第四面则是湖水，这湖与艾利森家一直精心维护的木制码头相接。无论是从艾利森家的前廊、侧廊还是从廊下通向水边的木楼梯上的任何地方欣赏，湖上的景色都一样美。虽然艾利森夫妇很喜欢他们的避暑小屋，总是盼望着初夏的到来，惋惜秋天的离去，但他们并没有费心去对它做任何改进。对于他们来说，度假屋和湖景本身就已经是他们余生的日常中最好的改进之处了。这座度假屋没有暖气、没有电，也没有自来水。后院里只有一个供应不稳定的水泵。过去的17个夏季里，珍妮特·艾利森都是用煤油炉做饭、烧水。罗伯特·艾利森每天用水泵取水，晚上用煤油灯看报纸。这两个过惯城市生活的人到了这里连对室外厕所的态度也变得淡定和务实。刚开始的两年里，他们已经在厕所这件事上经历了各式笑话和尴尬。现在，已经没有什么客人需要隆重接待，他们回归了天然质朴的生活，而使用室外厕所、水泵和煤油对他们的夏日度假生活已经没有任何影响。

艾利森一家都是普通人。艾利森太太58岁，艾利森先生60岁。他们的孩子渐渐长大，有了自己的家庭，会和家人去海滨度假，不再来他们的避暑小屋。他们的朋友不是过世了，就是常年待在舒服的家里不愿再外出。他们的侄儿侄女们也总是没个准。冬天的时候他们会说，他们可以在纽约的公寓里对付一下，等到夏天再来。到了夏天，他们又会说，等到来年再到乡下来也不错。

艾利森夫妇已经到了可以随性而为的年纪，以往他们总是在劳动节[1]后的星期二离开度假小屋，为不得不在景色宜人的九月和十月初回到一片荒芜的城市而感到十分遗憾。每次离开时他们都觉得其实并不需要赶着回纽约，但直到今年，他们才决定打破习惯，在劳动节后仍然留在度假屋里。

“我们真没必要回城里。”艾利森太太认真地对她丈夫说，仿佛刚刚想到这一层。艾利森先生也像是刚想到这个主意似的说：“要不我们就想住多久就住多久吧。”

于是，艾利森太太在劳动节后的第一天带着兴奋和些许冒险的心情走进了山下的村子。她以一种决定打破传统的态度跟那些常有往来的当地村民说她和她的丈夫决定至少在他们的小屋里再多住一个月。

她对杂货店店主巴布科克先生说：“也没有什么事需要我们回

1　美国的劳动节，为九月的第一个星期一。

城里去办。我们还不如多享受享受乡下的生活。”

“从来没人在湖边住到劳动节之后。”巴布科克先生一边说一边把艾利森太太购买的食品杂货放进一个大纸板箱里。然后他停下来看着箱子里的一袋饼干沉思了一会儿，又强调说：“从来没有。”

“但在城里，”每次对巴布科克先生说起城里时，艾利森太太的语气听起来都像是认为他的梦想就是进城，“天气太热了！你真的不知道。我们每次离开这儿时都觉得舍不得。”

“不想走。”巴布科克先生说。艾利森太太注意到，当地人有个非常令人恼火的毛病，总是把一句已经很琐碎的话，用一种更加乏味的转述方式，变得更加陈词滥调。“我也不想走。”巴布科克先生深思熟虑后说。他和艾利森太太都笑了。他接着说：“但我从来没听说过谁在劳动节之后还住在湖边。”

“好吧，我们要试一试。”艾利森太太说。巴布科克先生严肃地回答说：“在你之前从没听说过。”

“外形上，”艾利森太太再一次感觉到，就像她每次结束与巴布科克先生那些不得要领的谈话后离开杂货店时所感觉到的那样，“在外形上巴布科克先生酷似丹尼尔·韦伯斯特[1]，但在心智方面就……”一想到古老的新英格兰洋基血统衰败至此她就感到难过。上车后她也对艾利森先生说了同样的话，他回应说：“这是几代人近亲繁殖的结果，再加上土地贫瘠。”

---

1 丹尼尔·韦伯斯特（Daniel Webster，1782—1852）是美国著名的政治家、法学家和律师，曾三次担任美国国务卿，并长期担任美国参议员。1957年，美国参议院将韦伯斯特评选为美国历史上“最伟大的五位参议员”之一。——译者注

因为他们每两周才去镇上进行一次大采购，补充一些不能送货上门的日常用品，所以这次他们逗留了一整天，所买物品的包装盒堆满了后备厢。其间他们还在冷饮报刊店里吃了一个三明治。虽然艾利森太太能够要求杂货店定期送货，但由于她始终没办法在电话里弄清楚巴布科克先生店里的库存，再加上她的采购清单总会临时加上巴布科克先生店里限时出售的新鲜的当地蔬菜或者刚上架的袋装糖果，所以她总是自己去店里采买。这一次来镇上，艾利森太太又看上了一套玻璃烤盘。这套用具是她在一家兼卖五金、服装和杂货的店里偶然发现的，感觉它们好像是专等着艾利森太太的到来，因为乡下人本能地认为除了树木、岩石和天空这些恒久的事物之外，其他东西都不能持久，直到最近才开始尝试用铝烤盘取代铁烤盘。其实他们用铁器代替石制工具的历史也不长。

因为回家的道路崎岖不平，艾利森太太要求把玻璃烤盘包好以防它在路上被碰碎。这家兼卖五金、服装和杂货的店由查理·沃波尔先生和他的弟弟阿尔伯特一起经营，名叫“约翰逊杂货店”（因为此店坐落在50年前被烧毁的老约翰逊的木屋旧址上）。在沃波尔先生用一张张报纸仔细包裹烤盘时，艾利森太太随意地说：“我本来也可以回纽约再买这些烤盘，但今年我们打算晚点儿回去。”

“听说你们要留下来了。”查理·沃波尔先生说。他用不太灵活的手指忙乱地摸索着薄薄的报纸，努力想把它们分成一张一张的，以便隔在每个烤盘中间。他一边包一边继续说：“我感觉留在湖边不好。至少劳动节之后不该再留在湖边。”

“嗯，你知道吗，”艾利森太太似乎觉得应该给他一个解释，

“我们觉得其实根本没有必要每年都匆匆忙忙地赶回纽约。你知道城里的秋天是什么样子。”说完她朝查理·沃波尔先生自信地笑了笑。

他慢条斯理地把绳子绑在包裹上。艾利森太太一边想“他真磨蹭”，一边赶紧转过头去，以免露出任何不耐烦的表情，然后说道：“我觉得这里更适合我们。”为了证明自己所言不虚，她对店里一位很面熟的女士灿烂地笑了笑。这位女士可能曾卖过浆果给艾利森家的人，也可能是巴布科克先生的姑姑——那个偶尔在杂货店帮忙的人。

“然而。”查理·沃波尔先生一边搭话一边把包裹推到柜台的另一侧，以表明打包已经完成，而且在精心包装好商品后，他已经准备收钱。“然而，”他重复道，“以前从来没有避暑的人劳动节后还住在湖边。”

艾利森太太给了他一张5美元的钞票，他有条不紊地找了零钱，一分也不差。“劳动节过后就没人住了。”说完，他向艾利森太太点点头，然后沉稳地向店里另外两个正在看棉质家居裙的女顾客走去，并开始为她们服务。

走出商店的时候，艾利森太太听到一个女人尖锐地问：“为什么这一条要1美元39美分而那一条只要98美分呢？”

在五金店门口与丈夫碰面后，艾利森太太与他在人行道上边走边说：“他们都是好人，都很可靠、讲理、诚实。”

艾利森太太又接着说：“发现还有这样民风淳朴的小镇，让人感觉真美好。”

“在纽约，”艾利森太太说，“我本来可以少花几分钱买这些菜，但交易中就没有一点儿人情味。”

“住在湖边？”马丁太太在卖报纸和三明治的店里问艾利森一家，“听说你们要留下来。”

艾利森先生说：“我想今年我们会好好享受这宜人的天气。”

马丁太太刚来这里不久，她嫁给了附近农场一个卖报纸和三明治店的店主，丈夫死后她就留了下来。她店里卖瓶装软饮，还有现做的厚切吐司夹煎鸡蛋洋葱三明治。有时马丁太太端上刚做好的三明治时，上面还会带着浓郁的炖菜或猪排的香味，因为马丁太太也在店里的厨房里做晚饭。

马丁太太说：“以前没人在那儿待过这么久。不管怎么说不会待到劳动节过后。”

艾利森夫妇最近的邻居霍尔先生在巴布科克先生的店铺前遇到正要上车回家的艾利森夫妇，对他们说：“我感觉大家通常都在过完劳动节后就离开，没想到你们会留下来。”

艾利森太太说：“感觉这么快就走很可惜似的。”霍尔先生的住处与他们相隔 3 英里。他定期给艾利森夫妇供应黄油和鸡蛋。偶尔，在自家房子所在的山顶上，艾利森夫妇可以在傍晚看到霍尔家的灯光。

霍尔说：“大家通常在劳动节离开。”

回家的路长又崎岖，天开始变黑了，艾利森先生不得不非常小心地驾车穿过湖边的土路。艾利森太太靠在座椅上休息，和他们的日常生活相比，经过一天几乎旋风式的购物之后，她愉快地放松了下来。她开心地想着新玻璃烤盘、约半蒲式耳[1]的红苹果，还有一包彩色的图钉。她打算用那些图钉在厨房角落里搭一个新的架子。“到家啦。”当他们的小屋进入视线时，她轻轻地说。那小屋的轮廓映衬着天空。

“我们决定留下来是对的。”艾利森先生赞同地说。

*

第二天早上，艾利森太太爱惜地洗着她的新烤盘。虽然昨天查理·沃波尔卖给她时并没有注意到其中一个烤盘边上有个小缺口，但她丝毫不计较。她决定奢侈一把，用一些红苹果来做馅饼当晚餐。当她把馅饼放入烤箱里烘烤时，艾利森先生正好下楼去取邮件。她坐在他们夫妇在山顶修整出的一小片草坪上，看着湖面上变幻莫测的光线——随着云朵飞快地飘过，太阳时隐时现，而湖面则交替呈现出灰色和蓝色。

艾利森先生回来时情绪有些低落。虽然他认为散步对他的健康有好处，但走了一英里才走到国道边上的邮箱，却一无所获，这总是让他很恼火。今天早上，除了纽约一家百货公司寄来的定期广告和他们订阅的纽约报纸之外，什么也没有。他们订阅的报纸以邮寄的方式投递，时间很不规律，总是比应到的日期晚一到四天。因

1 蒲式耳（bushel）是用来计量谷物和水果的旧式容量单位，与中国旧式的斗、担计量方式相似。因为是旧式的容量定量单位，所以根据农产品样类的不同，一蒲式耳相当于不同的公斤数。——译者注

此，有时他们会一次收到三份报纸，但大多数时候一份也收不到。艾利森太太虽然和丈夫一样因为没有收到期盼中的邮件感到有些遗憾，但仍然饶有兴趣地看了看百货公司的广告并且在心里记下，等回到纽约后要顺便去商店看看羊毛毯子，因为如今很难找到颜色漂亮、质量上乘的毛毯了。为了提醒自己，她想把那张传单收起来，但想到要起身走进小屋把它收好，她又觉得太麻烦。于是，她随手把它扔到椅子旁边的草地上，然后靠着椅背，半闭上了眼睛。

“看来要下雨了。”艾利森先生看了看天空说。

“对庄稼有好处。”艾利森太太简洁地回应道，然后他们都笑了。

第二天早上，当艾利森先生下楼去取邮件时，送煤油的人来了。他们的煤油存货越来越少，艾利森太太热情地向那人问好。他卖煤油和冰块，夏天时，还为来避暑的住户运走垃圾。只有那些时髦的城里人才需要垃圾清理工，乡下人家里没有垃圾。

“见到你很高兴，”艾利森太太告诉他，“我们的油越来越少了。”

那个卖煤油的人——艾利森太太从来不知道他的名字——通常用一根软管为他们的油箱装满 20 加仑的煤油。这个油箱为艾利森夫妇的生活提供光、热力以及做饭用的火。但今天，他并没有从卡车的驾驶室里摇下缠绕着的软管，而是不安地盯着艾利森太太。他的卡车也没有熄火。

“我以为你们要走了。”他说。

“我们还要再住一个月，”艾利森太太开心地说，“天气真好，感觉……”

“我听说了，”那人说，“不过，我不能卖给你油。”

“这是什么意思？”艾利森太太扬起眉毛问道，“我们正想和以前一样……”

“劳动节过后我自己也没多少油了。”

艾利森太太提醒自己，当她和邻居意见不一致时，她必须经常提醒自己，城里的那一套对乡下人没用，你又不可能像开除一个城市工人那样开除一个乡下雇员。于是，艾利森太太露出亲近迷人的笑容说:“你就不能再多进点儿货吗？至少在我们待在这儿的时候多进一点儿。”

“你看。”那人说。他一边说话一边恼怒地用手指轻敲着方向盘。“是这样，”他慢吞吞地说，“我得从大约 50 英里到 55 英里外的地方订这种油。一般都是六月份就预订了整个夏天需要的油量。之后我会再进一次货……嗯，大约在十一月。现在，我的存量已经很少了。”他可能觉得话只能说到这儿了，于是他停止了敲打方向盘，双手紧握着它，准备开车。

“但是你就不能卖给我们一些吗？”艾利森太太说，“或者还有其他店有油卖吗？”

“我不知道现在哪儿还能买到油，”那人想了想说，“反正我这儿是没有了。”艾利森太太还没来得及再开口，卡车就开动了。接着车又停了下来，那人从后视镜里看着她，喊道:“冰块要么？我可以再卖点儿冰给你。”

艾利森太太摇摇头，他们还存有不少冰。她很生气，跑了几步追上卡车，喊道:“能不能帮帮忙？下周成吗？”

“多半不行，”那人说，“劳动节过后，就更难了。”卡车开走了，艾利森太太很气愤，直到想起在巴布科克那里说不定还能买到煤油，或者，最坏的情况是，再去霍尔那里找找，才感觉好些。“明年夏天，”她心里恨恨地想，“明年夏天有你好看的！”

艾利森先生回来的时候很生气，等待的邮件还是没有来，只有那份报纸准时送来了。所以，当艾利森太太告诉他早上送煤油的事时，他并没有太往心里去。他只说：“估计是想留到冬天卖高价。”然后他又突然说：“安妮和杰里会不会出了什么事？”

安妮和杰里是他们的儿子和女儿，两人都结婚了，一个住在芝加哥，一个住在遥远的西部。他们每周都准时寄到的问安信迟到了，而且迟了很久。艾利森先生没有收到邮件所带来的烦恼让他的不满都变得合理起来。“应该知道我们一直盼着他们的信啊，”他说，“这两个没心没肺的孩子，他们应该能想到啊。”

“好了。”艾利森太太安慰道，对安妮和杰里的不满也没能转移她对送油人的愤怒。过了几分钟，她又说：“亲爱的，盼也盼不来。我去给巴布科克先生打电话，叫他给我们送点儿煤油来。”

“就是寄张明信片也好啊。”艾利森先生在她离开时说。

*

和对待小屋的大多数缺憾一样，艾利森夫妇已经毫无怨言地适应了电话的缺陷。他们的电话挂在墙上，是那种只有很少的地方还在用的老式电话。为了接通接线员，艾利森太太必须转动侧面的摇把，先响铃一次。通常需要重复两三次，接线员才会接起电话。不论什么时候需要打电话，艾利森太太都只能怀着听天由命的心态和一种近乎决绝的耐心。今天早上，她不得不拨了三次电话，才连通接线员，又过了很久，巴布科克先生才接起他放在杂货店角落里肉案上的电话："杂货店，什么事？"他语调越来越高，似乎不敢相信会有人用这种不可靠的仪器与他交流。

"巴布科克先生，我是艾利森太太。我还是早一天订货，因为我想稳妥一点儿，我想订一些……"

"您说什么，艾利森太太？"

艾利森太太提高了一点儿嗓门，这时她看见艾利森先生在草坪上转过身来，同情地看着她。她说："我是说，巴布科克先生，我想我应该早点儿订货，这样你就可以给我送……"

"艾利森太太，"巴布科克先生说，"您是说自己来取货吗？"

"什么自己取货？"艾利森太太吃惊地把声音调回正常的音调。巴布科克先生又大声说："那您刚刚说什么，艾利森太太？"

"我是想让你像往常一样帮我送来。"艾利森太太说。

"这个嘛，艾利森太太。"巴布科克先生说，然后他停顿了一下。等他继续说话的空当里，艾利森太太抬头望向她丈夫头顶上的天空。"艾利森太太，"巴布科克先生最后继续说，"我跟您说，我那个在店里帮忙的儿子昨天回学校了，眼下我店里没有人手送货了。您看，我只有夏天才能让儿子帮忙送货。"

"我以为你一直给送货呢。"艾利森太太说。

"劳动节过后就不送了，艾利森太太，"巴布科克先生坚定地说，"以前劳动节之后您从来不在这儿住，当然不知道。"

“好吧。”艾利森太太无奈地说。在她的内心深处，她一遍又一遍地对自己说，不能用城里的那一套对待乡下人，发脾气也没用。

“你确定吗？”她最后问道，“巴布科克先生，你今天再送一单不行吗？”

“确实送不了，艾利森太太。”巴布科克先生说，“现在湖边没有其他人住，送货会赔本。”

“可以送到霍尔先生那儿吗？”艾利森太太突然问道，“就是离我们家三英里远的那一家，霍尔先生回头可以帮我们捎过来。”

“霍尔？”巴布科克先生说，“约翰·霍尔吗？他们去北边走亲戚了，艾利森太太。”

“他们昨天还帮我们送了黄油和鸡蛋。”艾利森太太很吃惊。

“昨天就走了，”巴布科克先生说，“可能没想到你们会留在这里。”

“可是我跟他说了，”艾利森太太停顿了一下，接着说，“我明天会让艾利森先生去取我们买的食品杂货。”

“我会为您备好预订的货。”巴布科克先生满意地说。因为这不是一个问题，而是一个确认。

挂断电话后，艾利森太太慢慢地走出去，又坐到丈夫旁边的椅子上。“他们不送货了，”她说，“你明天得跑一趟。我们的煤油只够你用到回来。”

“他应该早点儿告诉我们。”艾利森先生说。

天气这么好，让人烦恼尽消。在乡下，这个季节最吸引人，湖水在树下悄悄地流淌，仿佛一幅夏日的图画，柔和得令人难以置信。艾利森太太深深地吁了口气，愉快地欣赏着湖边的景色——远处青山掩映，轻柔的微风拂过树丛。

*

第二天还是个大晴天。早晨，艾利森先生拿着一份食品杂货清单向车库走去。清单上的“煤油”二字用了大号字体。艾利森太太又开始准备用新烘焙盘子烤馅饼。她把饼皮和好，开始削苹果皮。这时艾利森先生快步上楼，打开厨房的屏风门走了进来。

“该死的车发动不起来。”他懊恼地说。那走投无路的语气听起来就像他是一个视汽车为左膀右臂的人。

“怎么了？”艾利森太太问道。她一手拿着削皮刀，一手拿着苹果说：“周二不还好好的吗？”

“唉，”艾利森先生咬牙切齿地说，“星期五就不太对劲了。”

“你能修好吗？”艾利森太太问。

“不能，”艾利森先生说，“我修不了。我得打电话找个人来。”

“找谁呢？”艾利森太太问。

“要不找加油站的店主吧。”艾利森先生向电话走去，说，“他去年夏天帮我们修过一次。”

艾利森太太有点儿担心。她一边继续心不在焉地削苹果，一边听着艾利森先生打电话，响铃，等待，连通接线员，然后再等一次，给接线员报电话号码，然后再报两次电话号码，最后砰的一声挂上了电话。

“没人接。”他走进厨房时说。

“他大概临时出去了吧。”艾利森太太紧张地说。她不清楚除了丈夫的坏脾气，还有什么能让她如此紧张。“他一个人守店，所以如果他出去，就没有人接电话了。”

“你说是就是吧。”艾利森先生语带讽刺地说。他躺倒在厨房的一把椅子上，看着艾利森太太削苹果。过了一会儿，艾利森太太安慰他说:“要不你先下去看看邮箱，然后再给他打电话？”

艾利森先生有些犹豫，过了一会儿才说:“也行吧。”他有些艰难地站起身来，走到厨房门口，转过身来说:“但是如果没有信的话——”话没说完，他就沿着小路走开了，留下一片可怕的寂静。

艾利森太太忙着做馅饼。其间，她两次走到窗前看天，看看是否有云聚集。房间里似乎暗得不正常，她感到了暴风雨来临前的紧张。但当她两次望向天空时，天空都是晴朗而宁静的。它冷淡疏离地俯瞰着艾利森家的避暑小屋以及整个世界。当艾利森太太做好馅饼坯，第三次往外看时，她看见她的丈夫正沿着小路走来。他似乎心情愉快了一些。他一看到她，就开始急切地挥起手来，手里拿着一封信。

“杰里寄来的。”他一走近她就叫道，“终于！来了一封信！”艾利森太太有些担心地注意到，他爬上小路的缓坡时一直喘着粗气。但他终于走到了门口，拿出信来。“我还没拆开。”他说。

艾利森太太急切地看着她儿子熟悉的笔迹。尽管这是他们这么久以来第一次收到孩子的信，她仍然感到有些吃惊，不明白它为什么竟让她如此激动。这会是一封饱含孝心、令人愉快的信，将会记录爱丽丝和孩子们的日常生活，汇报儿子工作的进展，评论芝加哥最近的天气，信的结尾还会表达大家对他们老两口的爱意。艾利森先生和太太对两个孩子来信的书写模式烂熟于心。

艾利森先生非常小心地把信撕开，然后把它摊开放在厨房的桌子上。信的开头是杰里亲切的、有点孩子气的笔迹，他们俯身一起读了起来：

亲爱的爸爸妈妈，我很高兴这封信像往常一样送达了湖边。我们常觉得你们每年回来得太早了，应该尽可能在湖边多住住。爱丽丝说，您现在年事已高，时间充裕自由，城里也没太多朋友了。所以您应该及时享受生活的乐趣。既然您二老在那儿都很开心，那就留下来吧。

艾利森太太有些不安地瞥了丈夫一眼，他正专心地读信。她伸手拿过信封，并不清楚自己想从上面看出什么。和往常一样，这封信是用杰里的笔迹写的，邮戳是“芝加哥”的。她随即又想，当然是芝加哥的邮戳了，他们不可能从其他地方寄出信。当她回头看，再读信时，她的丈夫已经翻过了前一页，于是她继续读下去：

……当然，如果他们得了麻疹什么的，以后也会好起来的。爱丽丝一切都好，我也很好。我最近常和卡拉瑟斯家打桥牌，您不认识他们，他们是年轻的一对，年纪和我们差不多。好吧，就写到这里吧，说这些与您没什么关系的事一定让您觉得无聊。告诉爸爸，我们芝加哥办公室的老迪克森过世了。他过去经常问候爸爸。你们在湖边玩得开心点儿，不用急着回来。

我们都爱你们，

杰里

“有意思。”艾利森先生评论道。

“这语气听起来不像杰里，”艾利森太太小声说，“他写信从来不会……”她突然停了下来。

“不会什么？”艾利森先生问道，“从来不会写什么？”艾利森太太皱着眉头翻了翻信，但却找不到任何句子，甚至任何一个单词不像杰里以往的措辞。也许只是因为这封信来得太晚，或者信封上有许多脏指印。

“我也说不上来。”她有些不耐烦地说。

“我要再给加油站打一次电话。”艾利森先生说。艾利森太太又读了两遍这封信，试图找出一个听起来不对劲的词。过了一会儿，艾利森先生回来了，语气平静地说：“电话断了。”

“什么？”艾利森太太丢下信说。

“电话打不出去了。”艾利森先生说。

*

那天剩下的时间过得很快，吃完一顿饼干加牛奶的午餐后，艾利森夫妇去外面的草坪上坐了下来，但随后他们下午的安排就被从湖面上飘过来的逐渐增多的积雨云打乱了。才下午 4 点钟，天就黑得像傍晚一样。可暴风雨迟迟未来。仿佛沉浸于即将对避暑小屋倾泻狂风暴雨的热切期盼，此时虽偶尔闪电，但雨还没来。傍晚时分，艾利森夫妇相互依偎着坐在他们的小屋里，打开了他们从纽约带来的电池收音机。小屋里没有灯光，外面的闪电和收音机显示屏发出的一小缕光是唯一的亮光。

小屋的墙体结构单薄，无法阻挡收音机里传出的城市的喧闹声、音乐声，和各种各样的其他声音，艾利森夫妇甚至能听到它们在远处的湖面上回响。纽约舞蹈团的萨克斯管在水面上呜咽，女歌手平淡的嗓音毫无感情地飘进了洁净的乡间空气中。即使是热情介绍着剃须刀片的广告人声，听起来也像是从艾利森家的小屋里传出的一个非人的声音。那声音回荡在空中，发出回音，仿佛因为湖水、山丘和树木都不想接纳它。

在广告的间隙中，艾利森太太转过身来，对她的丈夫惨淡一笑，说："我们是不是应该……做点儿什么？"

"不，"艾利森先生若有所思地说，"不用了，就等着吧。"

艾利森太太紧张地屏住了呼吸。伴着乐队微弱、忧郁的旋律，艾利森先生又说："你知道吗，车子被人动过，连我都看出来了。"

艾利森太太犹豫了一会儿，然后轻轻地说："我想电话线是被人剪断了。"

"我想是的。"艾利森先生说。

过了一会儿，舞曲停了下来，他们专心地听着新闻广播，播音员用高亢激动的嗓音气喘吁吁地告诉他们好莱坞的一桩婚事、最新的棒球比赛得分，以及对未来一周食品价格上涨的预估。它对着避暑小屋里的两人说话，仿佛他们仍然有资格听到这个已经将他们排除在外的世界的消息，仿佛他们与外面的世界还能通过这部声音断断续续的收音机保持着脆弱的联系。然而，现在电池也快要耗尽了。

艾利森太太看了一眼窗外平静如镜的湖面，漆黑的树丛，还有蓄势待发的暴风雨，然后淡淡地说："我现在对杰里的那封信感觉好多了。"

艾利森先生说："昨晚霍尔家没开灯，我那时就感觉到了。"

狂风骤起，刮过湖面，掠过小屋，猛烈地拍打着窗户。艾利森先生和太太不禁靠得更近了。第一声惊雷炸响的同时，艾利森先生握住了他妻子的手。随后，闪电在屋外闪耀，收音机的声音也渐渐湮灭，只剩下吱吱啦啦的声响，两位老人蜷缩在他们的避暑小屋里等待着。

摸彩

THE LOTTERY

6 月 27 日清晨，天气晴朗，阳光明媚。此时的盛夏所带来的温暖让这里繁花似锦，绿草葳蕤。10 点左右，村民们逐渐在邮局和银行之间的广场上聚集起来。有的镇子人口多，抽奖得持续两天，所以从 6 月 26 日就开始了。这个村子大约只有 300 个村民，完成整套抽奖程序也花不了两个钟头，所以27 日早上10 点才开始，完事后大家还能回家吃午饭。

当然了，孩子们总是最先到。学校里刚刚结了课，暑假开始了，大多数孩子还没适应无人管束的日子。在开始无拘无束的嬉笑打闹之前，他们往往会安安静静地先凑到一起待一会儿。此时他们的交谈仍然离不开课堂、老师、课本和挨批之类的学校话题。博比·马丁已经往衣兜里塞满了石头子儿，很快，其他男孩子也有样学样地挑拣起最光滑、最圆的小石头。最后，博比、哈里·琼斯和迪基·德拉克洛瓦（村民们把他的名字念成“德拉克洛伊”）在广场一角堆了一个大石头堆，并且护卫着石头堆免遭其他男孩子抢掠。

女孩们则站在一边闲聊，并扭头看着那些在泥地里打滚或是紧紧拉着哥哥姐姐手的男孩子。

很快，村里的男人们也聚过来了，一边盯着自家孩子，一边聊着庄稼雨水、拖拉机税收等话题。他们站在一起，远离广场角落的那个石堆，低声地讲着笑话，本应有的笑声也都被微笑所取代。没多久，女人们穿着已经褪色的家常裙衫也来了。她们互相打着招呼、交换着八卦消息，朝自己的男人走去。不一会儿，女人们就已经站在丈夫身边，吆喝起自家孩子来。总得喊个四五遍，孩子们才会不情愿地过去。博比·马丁躲开妈妈的“捉拿”，大笑着又跑回那堆石头旁，直到他的父亲严厉警告，博比才飞快地跑回来，在父亲和哥哥中间站好。

抽奖环节由萨默斯先生主持，其他类似方块舞会、青少年俱乐部及万圣节那样的集体活动也由他张罗。他总是有大把时间和精力投身于社群活动。萨默斯先生长着张圆脸，性格友善活络，是做煤炭生意的。但大家伙儿都暗暗替他不值——膝下没有一男半女，老婆还是个泼妇。他拿着一只黑色的木箱来到广场，人群中传来交头接耳的低语声。“乡亲们，抱歉今天晚了点儿。”他挥挥手说。跟在他身后的是邮政局局长格雷夫斯先生，他端着一只三脚凳。凳子放在广场的正中央，上面搁着萨默斯先生拿来的黑色木箱。村民们都离凳子有点儿距离。“乡亲们，谁来搭把手呗？”萨默斯先生问道。面前的两个男人，马丁先生和他的大儿子巴克斯特犹豫了一下，然后走上前来，稳稳扶住木箱，萨默斯先生则翻搅起箱内的纸条。

最早的那个抽奖箱早就丢失了，现在搁在凳子上的这只黑箱，也是在沃纳老头出生前就开始使用了，沃纳目前可是村里最年长的人了。萨默斯先生再三跟村民提请换一只新箱子，可就是没人愿意打破黑箱所象征的传统。坊间流传着箱子的来历——现在这只是由之前那只箱子的碎片做成的，而之前那只是由第一批在村里定居的先民打造的。每年的抽奖一结束，萨默斯先生就开始一遍遍念叨新箱子的事，而每一年，大家都听任这个话题逐渐平息，并不采取任何行动。这只黑箱子一年比一年破，现在它早就不是全黑的了，有一面裂得厉害，露出里面木头的本色，还有些地方褪了色或变得漆面斑驳。

马丁先生和他大儿子巴克斯特，牢牢地扶着凳子上的箱子，直到萨默斯先生将箱子里的纸条充分翻搅。由于很多程序已被忘记或摒弃，萨默斯先生成功地用纸条代替了祖祖辈辈所用的木条。他认为，村里人口少的时候用木条是个好办法，但现在村民数量已经超过 300 了，并且似乎还在继续增长，所以彩票应该使用更容易装进箱子的材料来制作。抽奖的头天晚上，萨默斯先生和格雷夫斯先生做好纸质彩票并将之放入箱内，继而箱子被放到萨默斯先生煤炭公司里的保险箱中，仔细锁好，直到第二天早上萨默斯先生准备好把它拿到广场去。除了 6 月 27 日这一天，一年里的其他日子，这只箱子都被撂在一边，一会儿搬到这儿，一会儿挪到那儿。它在格雷夫斯先生的谷仓里待过一年，在邮局里也落脚过一年，有时还会被留在马丁杂货店的货架上。

萨默斯先生宣布抽奖开始之前，总会有很多鸡毛蒜皮的事情需要处理。要列出一长串各种名目的名单——族长名单、族中各户的户主名单、族中各户的成员名单。还有由邮政局局长主持、萨默斯先生宣誓就任抽奖官的仪式。有些人记得有一阵还有抽奖官的吟诵环节，无非就是马马虎虎走个过场，重复一下曲不成曲、调不成调的颂词。有些人认为抽奖官讲话或吟诵时，就该像以前一样站着不动，其他人则认为他应该在人群当中走动……这一环节好多年前就被废止了。以前还有一项行礼的仪式，抽奖官必须对被点到名字上前抽奖的村民行礼，这一仪式也随时间的推移而改变了。现如今，只剩下抽奖官对上来抽奖的人“说上两句”这一仍然必需的程序了。萨默斯先生对此十分在行，他穿着干净的白衬衫和蓝牛仔裤，一只手不经意地搭在黑箱子上，在跟格雷夫斯先生和马丁先生滔滔不绝地讲话时显得十分得体威严。

就在萨默斯先生终于要结束谈话，转向村民的时候，哈奇森太太匆匆忙忙沿着小道赶来广场。她把毛衫搭在肩上，溜到人群后方找了个地方待着。“我完全忘了今天是什么日子了！”她对站在旁边的德拉克洛瓦太太说。她俩都轻声笑了起来。“我还以为我家老头子在后院堆柴火呢，”哈奇森太太接着说道，“等我再一看窗户外头，发现孩子们也都出门了，这才想起来今天是 27 日，就立马跑过来了。”她在围裙上抹了把手。德拉克洛瓦太太说：“到得正是时候，他们还在上头说着呢。”

哈奇森太太抻着脖子在人群里寻找，看到她丈夫和孩子们靠前站着。她轻轻拍了拍德拉克洛瓦太太的手臂示意离开，随即开始往家里人那边挪。人们很友好地为她让路。有两三个人用仅仅周围人能听见的音量说：“你媳妇儿来啦！”“比尔，她到底还是赶来了！”

哈奇森太太来到了丈夫身边。一直等着她的萨默斯先生愉快地说："还以为你不来了呢，特茜。"哈奇森太太咧嘴笑道："你不能让我把脏碗碟留在水槽里，对吧，乔？"一阵轻笑掠过人群，哈奇森太太挪过来之后，人们又复归原位。

"好啦，现在……"萨默斯先生严肃地说，"咱们开始抽奖吧，早做早了，完事我们就可以回家干活了。还有谁缺席不在吗？"

"邓巴。"好几个人答道，"邓巴，邓巴。"

萨默斯先生查了一下花名册说："克莱德·邓巴，没错。他摔断了腿，是吧？谁替他抽一注呢？"

"我！我吧……"一个女人应声回答。萨默斯先生转过去看着她。"老婆替自己男人抽奖。"萨默斯先生说，"珍妮，你们家没其他成年男人来抽吗？"尽管萨默斯先生和村里所有人都知道答案，但身为抽奖官，正式地提问实乃职责所在。萨默斯先生礼貌地等着邓巴太太回答。

"霍勒斯还没成年呢，他才 16 岁。"邓巴太太沮丧地说，"今年只得由我替我家老头子抽奖了。"

"你说得是。"萨默斯先生说着，在手里拿着的名单上做了个标记，然后再问，"沃森家的儿子今年来抽奖吗？"

人群里一位高个子少年举起手。"在这儿，"他应着，"我给我和我妈抽。"他紧张得眨了眨眼。听到人群里传来几句"好小子，杰克""终于能有个男人来帮你妈做这事儿了"……他垂下了头。

"那——"萨默斯先生说，"我想人都到齐了。沃纳老头来了吗？"

“在这儿呢。”一个人说道。萨默斯先生点了点头。

萨默斯先生清了清嗓子，拿起名单，人群突然一下子安静了。“都准备好了吗？”他高声喊道，“现在，我要念名字了，从族长开始，男人们上来从箱子里抽一张纸条。在每个人都拿到纸条之前，不许打开，不许看。大伙儿都清楚了吗？”

村民们抽奖已经抽过太多次，所以只是心不在焉地听着指示。大多数人都很安静，紧闭双唇，并不四处乱看。这时，萨默斯先生高高举起一只手说：“亚当斯家。”一个男人随即从人群中走上前去。“嗨，史蒂夫。”萨默斯先生问候道。亚当斯先生应和着：“嗨，乔。”两人对着彼此笑了一下，气氛并不轻松，有些紧张。亚当斯伸手到黑箱子里取出了一张折叠好的纸条。他紧紧攥着纸条一角，急速走回人群中，站回到原先的位置上。他站得离他家里人有点儿远，并没有低头看手里的纸条。

“艾伦。”萨默斯先生接着点名，“安德森……本瑟姆。”

“感觉离上次抽奖还没过多久。”德拉克洛瓦太太对站在后面的格雷夫斯太太说。

“就像上礼拜刚抽过一回似的。”

“时间过得真快！”格雷夫斯太太感叹道。

“克拉克……德拉克洛瓦。”

“到我家老头子了。”德拉克洛瓦太太念叨着，她屏住呼吸，看着丈夫往前走。

“邓巴。”萨默斯先生叫道。邓巴太太迈着稳健的步子走向箱子，旁边有个女人说：“快去，珍妮。”另一个嚷道：“她就来啦。”

“我们是下一个。”格雷夫斯太太说。她看着丈夫上台出现在箱子的一侧，严肃地向萨默斯先生打了个招呼。然后他从抽奖箱里挑了一张纸条。现在，人群里许多男人都紧张地将小纸条攥在手里翻来翻去。邓巴太太和她的两个儿子站在一起。纸条在她手里攥着。

“哈伯特……哈奇森。”

“上去啊！比尔。”哈奇森太太催他，周围的人都笑开了。

“琼斯。”

亚当斯先生对站在旁边的沃纳老头说：“有人说，北边村里的人都在谈论废除抽奖的事。”

沃纳老头鄙夷地说：“一帮疯子蠢蛋。那些个生瓜蛋子，看什么都不顺眼。接着他们还会想着回到山洞里住，都不用干活，就混着。老话说‘六月抽奖，丰收在望’。要照他们说的做，你知道会怎么样吗？我们都得靠吃橡果炖野菜过活了。抽奖必须得有啊。”他没好气地加了句：“看着小乔·萨默斯在上面跟每个人瞎咧咧已经够糟心了。”

“有些地方已经废止抽奖了。”亚当斯太太随声附和。

“这样只会带来大麻烦，”沃纳老头气冲冲地说，“一帮子嘴上没毛的蠢蛋。”

“马丁。”博比·马丁看着他父亲走上前去，“欧沃迪克……珀西。”

“快点儿啊，”邓巴太太对她大儿子说，“他们倒是快点儿啊。”

“马上就结束了。”她儿子安抚她。

“你得赶紧准备好跑回去告诉你爸。”邓巴太太吩咐道。

萨默斯先生叫到了他自己的名字，然后庄重地走上前去，从箱子里面抽取了一张纸条。接着又喊道：“沃纳。”

“我都抽了77年了，”沃纳老头一边穿过人群一边说着，“这是第77回啦！”

“沃森。”

一个高个儿男孩扭扭捏捏地穿过人群，有人对他说：“别紧张，杰克。”萨默斯太太也说：“孩子，不着急。”

“扎尼尼。”

点名结束那一瞬间，一切都好像静止了，大家都屏住了呼吸，直到萨默斯先生举起自己的那张纸条，喊道：“好，大家开始吧。”有那么一分钟时间，没有一个人动。随即，所有纸条都被打开。女人们都开始叽叽喳喳起来，七嘴八舌地问道：“是谁？”“谁摸到了？”“是邓巴家吗？”“是沃森家吗？”接着另一些声音说：“是哈奇森家的，是比尔。”“比尔·哈奇森摸中了！”

“快回去告诉你爸。”邓巴太太在催促她的大儿子。

人们都开始环顾四周寻找哈奇森一家。比尔·哈奇森静静地站着，盯着手里的纸条。突然，特茜·哈奇森对萨默斯先生大喊：“你没给够挑选时间，这不是他想要的那张。我都看到了。这不公平！”

“别这么输不起，特茜。”德拉克洛瓦太太大喊。格雷夫斯太太也对她说：“每个人的机会都是一样的。”

“你闭嘴，特茜！”比尔·哈奇森说。

“好了好了，乡亲们，”萨默斯先生说，“抽奖进行到这会儿都挺快的，现在我们需要再加快点儿，把剩下的这点儿事情做完。”

他查阅着下一份名单。“比尔，”他说，“你是代表哈奇森家族抽的奖。你们家族还有几户？”

“还有唐和伊娃。”哈奇森太太扯着嗓子喊，“也让他们碰碰运气！”

“女儿必须跟着夫家抽奖，特茜，”萨默斯先生柔声说道，“大家都知道这个规矩。”

“这不公平。”特茜说。

“我们家没人了，乔。”比尔·哈奇森懊丧地说，“我女儿随着夫家抽奖，这很公平。哈奇森家没有其他成了家的男丁了。”

“那么，你既作为一族之长来抽奖，”萨默斯先生解释道，“也作为一家之长来抽奖，对吧？”

“对。”比尔·哈奇森说。

“比尔，你有几个没成家的孩子啊？”萨默斯先生郑重问道。

“三个。”比尔·哈奇森答。

“有小比尔、南希、小戴维。然后我们家还有特茜和我。”

“那么，好了，”萨默斯先生说道，“哈里，彩票都收回来了吗？”

格雷夫斯先生点点头，手里拿着一沓纸条。“把这些纸条都放到箱子里吧，”萨默斯先生指挥着，“把比尔的也拿回来放进去。”

“我认为我们应该从头再来一次，”哈奇森太太努力保持平静，尽量心平气和地说，“我跟你说，这不公平。你没有给他足够的时间去选……每个人都看到了。”

格雷夫斯先生挑了五张纸条塞进箱子里，其他的纸条丢到地上，被风吹走了。

“大家听我说。”哈奇森太太对身边的人说。

“准备好了吗，比尔？”萨默斯先生问道。比尔·哈奇森飞快地瞥了一眼老婆和孩子们，点点头。

“记住，”萨默斯先生说，“挑一张纸条，拿在手里，在大家都挑完之前不许打开它。哈里，你帮小戴维抽吧。”格雷夫斯先生拿起小男孩的手，戴维顺从地把手伸向箱子。“抽一张纸出来，戴维。”萨默斯先生说。戴维把手探进箱子里面，笑起来。“只抽一张出来。”萨默斯先生说，“哈里，你替他拿好。”格雷夫斯先生牵过孩子的手，从他紧握的小拳头里取走了纸条。小戴维紧挨着他站着，一脸好奇地望着他。

“南希，你是下一个。”萨默斯先生说。南希才 12 岁，当她甩着裙摆走上台时，她学校里的同学们呼吸都变重了。南希轻巧地从箱子里抽了一张纸出来。“小比尔。”萨默斯先生叫道。小比尔的脸涨得通红，脚又超大，挑纸条的时候险些踢着箱子。“特茜。”萨默斯先生说。特茜犹豫了一会儿，挑战似的看了看四周，抿抿嘴，走到箱子前，伸手抓了一张纸出来，攥着放在身后。

“比尔。”萨默斯先生叫道。比尔·哈奇森把手伸进箱子，摩挲着取出最后一张纸条。

人群鸦雀无声。一个女孩小声叨咕着：“我希望别是南希。”这小小的声音一直传到人群的尽头。

“世道变咯，”沃纳老头清楚地说，“人也变了。”

“好了，”萨默斯先生说，“打开纸条吧。哈里，你打开小戴维的。”格雷夫斯先生打开了纸条，举起来给人们看，大家看到纸条

上一片空白时都长吁了一口气。南希和小比尔同时打开了纸条，也同时笑了出来。他们转向人群，高高举着自己手中的纸条。

“特茜。”萨默斯先生说。停顿片刻，萨默斯先生转过头去看着比尔·哈奇森。比尔展平了纸条，摊给人们看。空白的。

“我是说特茜，”萨默斯先生语调平静地说，“给我们看看她的纸条，比尔。”

比尔·哈奇森走到他妻子身旁，劈手夺过纸条，上面有个黑色的圆点。这个黑点是萨默斯先生头一天晚上用他煤炭公司办公室里的深色铅笔涂上去的。比尔·哈奇森举起纸条给人们看，人群躁动起来。

“好了，乡亲们。”萨默斯先生说，“咱们速战速决吧。”

尽管村里人已经忘了仪式，甚至连最初的抽奖箱也给遗失了，但他们仍旧记得要使用石头。不久前男孩子们码起来的石头堆已经准备就绪，地上还有些石头。盒子里的纸条也被风吹散在地上。德拉克洛瓦太太挑了块巨大的石头，太大了，她不得不用两只手抱着。她转身对邓巴太太说：“来啊，赶紧的。”

邓巴太太双手都攥满了小石头，上气不接下气地说：“我跑不动。你先过去，我待会儿赶上你。”

孩子们也都准备好了石头。有人给了小戴维·哈奇森几块小点儿的。

特茜·哈奇森此时已经站在了清好的一片空地的正中央，看着村民们一步步朝她走来，她绝望地伸出双手喊道：“这不公平啊！”然后，一块石头砸中了她的脑袋。沃纳老头叫道：“来啊！大家伙儿上啊！”史蒂夫·亚当斯打头阵冲在村民最前面，格雷夫斯太太就在他身边。

“这不公平！不公平！”哈奇森太太厉声尖叫着。顷刻间，人们扑了过去。

公交车

THE BUS

尽管今晚外面又湿又脏，但老哈珀小姐还是要回家。哈珀小姐无论何时都不喜欢外出，尤其不喜欢坐这种肮脏的小型公交车外出，但这是她回家的唯一途径。她经常向公交公司投诉他们的服务，因为无论她想去哪儿，都找不到像样的公交车。离家外出已经够讨厌的了——哈珀小姐喜欢向公交公司指出这一点——何况几乎找不到合适的返程车。今晚，哈珀小姐别无选择，因为如果她不乘这辆公交车回家，就没有别的车了。恼怒、疲倦、沮丧的情绪交织在一起，使她气愤地敲着兼作汽车站的小烟草店柜台。“尊敬的先生，”哈珀小姐开始为投诉信打起了腹稿，“虽然我是一位境况不佳的老年女士，所以必须克制自己对外出的喜好，但请允许我指出，贵公司的公交车服务质量太低……”

外面，公交车马达轰轰响，但显然不着急发动，哈珀小姐觉得她已经能听到车座弹簧被压变形时发出的难听的声音了。哈珀小姐想，我再也不想来了，即使是为了见到斯蒂芬妮也不值得，他们真的想方设法让你不舒服。“我能拿我的票了吗？”她语气尖酸地说。柜台另一边的老头放下报纸，不快地看了她一眼。

哈珀小姐要求拿票，同时有些为自己不客气的态度后悔。老头把车票砰的一声拍在她面前的柜台上说：“还有三分钟车就要开了。”

他恨不得我误车才好，哈珀小姐想，同时特别仔细地数了数找给她的零钱。

雨下得很大，哈珀小姐赶紧快走了几步，来到车门前。司机慢吞吞地开了车门，哈珀小姐一边上车一边继续想投诉信的措辞：“先生，我再也不想坐你们的车了。你们的售票员很丑，你们的司机很粗鲁，你们的车也肮脏得无法形容……”

车上已经坐了好几个人，哈珀小姐心想：这些人都是去哪儿的？难道这么多小镇都靠这一辆公交车吗？真的有人为了去某个地方而愿意忍受这样的车程吗？哪怕是为了回家？我很不舒服，很不舒服，对我这样年纪的女士来说，这太过辛苦了，我要回家。想到回家后就可以洗个热水澡、喝杯茶，然后躺在自己床上，她才松了口气。没人主动帮她把手提箱放上行李架，她回头看了看背对她坐着的司机，心想，他大概宁愿让我下车也不会愿意帮我，然后，她意识到自己脾气有点儿坏，不禁笑了。她在心里对自己说，公交公司说不定也会给我写封投诉信，这样想着，她感觉好多了。她在动身去汽车站之前吃了一片安眠药，希望在旅途中尽可能多睡觉。最后，她坐在后排，安慰自己说很快就能回家洗澡、喝茶了，同时继续想象着公交公司给她的回信内容：“夫人，像您这样一位经验丰富、年资较长的女士，一定要体谅一个资金紧张却诚实守信的小公司所面临的问题……”

她意识到公交车已经开动了，因为她在座位上被摇来摇去，甚至当她终于睡着的时候，鞋底下的嘎嘎声和跳动的感觉仍然伴随着她。她不太安稳地向后躺着，头靠在座椅靠背上，随着公交车的移动左右摇摆。周围的人要么睡着了，要么在轻声说话，或者茫然地望着窗外闪过的灯光和雨水。

睡梦中，哈珀小姐感觉有人推她，一个想挤进后排座位的人碰到她的头，把她的帽子也弄乱了。还未清醒的哈珀小姐迷迷糊糊地抓住她的帽子，含混地问：“谁啊？”

“接着睡吧，”一个年轻的声音一边咯咯笑着一边说，“我不过是离家出走而已。”

哈珀小姐没有完全醒来，但她睁开眼睛，抬头看着公交车的天花板。“那可不对，”哈珀小姐尽可能清楚地说，“那样可不对，回家去吧。”

又是一声傻笑，然后那个声音说：“太晚了，你接着睡吧。”

于是哈珀小姐又睡了过去。但她睡得很不舒服，别别扭扭的，嘴巴还微张着。大约过了一小时，她的头又被撞了一下，那个声音说：“我想我要在这儿下车了，是时候了。”

“你会后悔的，”哈珀小姐在睡梦中说，“回家去吧。”

然后，又过了一会儿，公交车司机摇醒了她。他说：“听着，女士，我可不是闹钟。快醒醒，该下车了。”

“什么？”哈珀小姐惊醒了，睁开眼睛摸摸她的皮夹。

“我可不是闹钟，”司机说，他的声音刺耳而疲惫，“我不是闹钟。你快下车。”

“什么？”哈珀小姐又问。

“你得在这儿下车，你买的票就是到这儿的，你到了。我不是闹钟，不负责叫醒你们，提醒你们什么时候该下车。你到站了，女士，我的工作不是伺候你下车。我又不是……”

“我要投诉你。”哈珀小姐终于清醒了。她摸了摸钱包，发现在腿上，然后又活动活动腿脚，整理好帽子。此时她身体僵硬，行动困难。

“你投诉好了，但这儿可不是投诉点。我还要开车呢，能不能请你快点儿下车？我要开车了。”

他的声音很大，哈珀小姐注意到公交车上其他乘客都看向了她，感到很不舒服，有人似乎在偷笑并且窃窃私语。司机转过身，大步走回驾驶位，说道:“她当我是闹钟呢。”哈珀小姐没有人帮忙，笨手笨脚地起身把手提箱拿下来，她吃力地提着手提箱沿着过道向前走去，手提箱却砰的一声撞在座位上。她知道大家都在盯着她看，她非常担心自己会被绊倒。

“我一定要投诉你。”她对司机说。而司机只是耸了耸肩。

“快点儿吧，女士，”他说，“都半夜了，我还要开车呢。”

“你应该为自己感到羞耻。”哈珀小姐激动地说，她有些想哭。

“女士，”司机耐着性子说，“请您下车。”

车门打开，哈珀小姐小心地提着手提箱来到了车门边陡峭的台阶旁。“她以为别人都是闹钟，还得负责提醒她下车。”司机在她身后说着。哈珀小姐到了平地上，清点着东西，手提箱、皮夹、手套、帽子，都拿了，可她还没拿好所有东西，那公交车就猛地开动起来，差点儿把她掀倒在地。哈珀小姐生平第一次想追上去，给别人一拳头。她生气地想：我要去投诉他，我要让他丢了饭碗。紧接着，她才意识到：自己下错了站。

哈珀小姐呆呆地站在黑漆漆的雨夜中。她才发现下车的地点不是她家镇上的公交车站，而是一个空荡荡的十字路口。这里没有商店，没有灯光，没有出租车，也没有行人。事实上，除了一条湿答答的土路和已经倒伏在十字路口的路标以外，这里什么也没有。"别慌，"哈珀小姐告诉自己，几乎是耳语，"别慌，没事的，没事的，不会有事的，别害怕。"

她朝公交车驶去的方向走了几步，但是车已经看不见了。哈珀小姐迟疑地叫了两声"回来"和"来人啊"，但除了哗哗的雨声，她慌乱的喊叫并没有得到任何回应。她想：我的声音虽然听起来苍老，但不会显露惊慌。她转过身来，手里拿着手提箱，告诉自己："别慌，没事的。"

目力所及，看不到任何可以躲雨的地方，但路标上写着"里基特码头"。哈珀小姐想：这应该就是我现在所在的地方，我来到了里基特码头，我不喜欢这里。她把手提箱放在路标旁边，想眺望一下路的尽头，那儿也许会有一所房子或者是一个谷仓或棚屋，那她就可以在那里避雨了。她抽泣了一会儿，不知所措，无助地想："拜托，快来个人吧。"当她看到远方的车头灯，意识到真的有人来帮助她了，便马上跑到路中央，站在那里挥手。她的手套湿了，钱包也坠着她的手。"这儿，"她喊道，"我在这儿，请过来帮帮我。"

透过雨的声音，她能听到马达的声响，然后大灯的灯光笼罩了她。她突然感到有些尴尬，在灯光照到她时，她用钱包挡住了脸。来的是一辆小卡车，在她身边一个急刹车，车窗随即摇下，一个男人愤怒地说："你找死吗？你想死还是怎么的？你在路中间干什么，找死啊？"窗边的年轻人转过头来对一旁的司机说："是个女人，她就这么冲了过来。"

年轻人似乎就要摇上车窗，哈珀小姐说："求求你，求求你帮帮我。公交车司机害我下错了站，我迷路了。"

"迷路了？"年轻人哈哈大笑，"我第一次听到有人在里基特码头迷路。因为大多数情况是没人能找到这里。"说完他又笑了，司机从方向盘边探过头来，好奇地看着哈珀小姐，也笑了。哈珀小姐勉强地笑了笑，说："你能带我去什么地方吗？公交车站可以吗？"

"这里没有公交车站。"年轻人用力摇了摇头说，"公交车每晚都经过这里，如果有乘客的话才会停下来。"

"好吧。"哈珀小姐不由自主地提高了嗓门。她突然很担心会激怒这些年轻人，那样的话，也许他们会把她独自丢在这儿，丢在这黑漆漆的雨夜里。她说："求求你，我能不能上车来避避雨？"

那两个年轻人互相看了看，其中一个说："要不带她到那老太太家去。"

另一个说："她浑身湿透了，不能上车。"

"行行好，"哈珀小姐说，"我会尽我所能付给你报酬。"

"那我们带你去老太太那儿，"司机说。然后他又对另一个年轻人说："快点儿，挪出点儿地方。"

“等等，我的手提箱。”哈珀小姐跑回路口，再也顾不上形象，在雨中跌跌撞撞地把她的手提箱搬到卡车上。

“太湿了。”年轻人说。他打开门，从哈珀小姐手里接过箱子，说：“我得把它扔到后面去。”说着，转身把箱子扔进了卡车的车厢里。哈珀小姐听见箱子落下时发出的哗啦啦的声音，心想，不知道打开行李时会是什么样子。同时，她绝望地在心中哀叹：“我的古龙水！”“上车，”年轻人说，“天哪！你浑身都湿透了。”

哈珀小姐以前从未爬过卡车高高的驾驶室，她的裙子很紧，淋湿的手套也很滑。在没有年轻人的帮助下，她单膝跪在高高的台阶上，不知怎么就爬了上去。“在我身上竟然发生了这样的事。”她头脑清醒地想着。当哈珀小姐爬进副驾驶座位时，座位上的那个年轻人有些不满地躲了躲。

“你浑身都湿透了，”司机一边说一边倚在方向盘上打量哈珀小姐，“你怎么会站在那儿淋雨？”

“都是那个公交车司机。”哈珀小姐一边脱手套一边说。不管怎样，她得尽量把自己擦干。“是他告诉我到站了。”

“肯定是约翰尼·塔尔博特，”司机对另一个年轻人说，“他是那趟公交车的司机。”

“好吧，我要投诉他。”哈珀小姐说。卡车里突然静了下来，然后司机说：“约翰尼是个好人，他没什么恶意的。”

“他是公交车司机。”哈珀小姐严厉地说。

卡车没有开动，司机说：“不要投诉老约翰尼。”

“我肯定要——”哈珀小姐正要说什么，然后停了下来。她想：

这是哪儿？我到底怎么了？“不，”她终于说，“我不会投诉老约翰尼的。”

司机发动了卡车，他们在泥泞和雨中慢慢地沿着马路前进。挡风玻璃雨刷不断地来回扫过，让人昏昏欲睡。车大灯前有一条狭窄的光带。哈珀小姐想：我怎么了？她轻轻动了动，身边那个年轻人马上不耐烦地屏住了呼吸，往后让了让。“她浑身湿透了，”他对司机说，“我都被她弄湿了。”

“我们去老太太家，”司机说，“她知道该怎么办。”

“哪个老太太？”哈珀小姐不敢动，连头都不敢转，接着问，“这附近有公交站吗？或者出租车站呢？”

“你可以，”司机体贴地说，“可以等明晚那辆公交车经过时再赶那趟车。司机还是约翰尼。”

“我只想尽快回家。”哈珀小姐说。卡车的座位非常不舒服，她觉得身上黏糊糊、湿答答的，浑身发冷。家似乎很遥远，也许根本就不存在。

“沿着这条路走一英里左右就到了。”司机很有把握地说。

“我从来没有听说过里基特码头这个地方，”哈珀小姐说，“真不知道他怎么能让我在那儿下车。”

“也许有别人该在那里下车，他却错记成了是你。”这一推论似乎让这个年轻人颇费脑筋，因为他接着说，“看，也许本该是别人下车。”

“那么那人还在公交车上。”司机说，说完他们都沉默了，被这个发现吓了一跳。

在他们前方，一盏灯在雨中发出朦胧的亮光，司机指着那个方向说："好了，那就是我们要去的地方。"随着他们离目的地越来越近，哈珀小姐感到越来越沮丧。灯光来自一个路边酒馆，哈珀小姐一生中从来没有进过这种路边酒馆。黑暗中，酒馆的轮廓隐约可见，而侧门上的灯只能照亮酒馆歪歪扭扭的招牌，上面写着"啤酒吧和烧烤"。

"还有别的地方我可以去吗？"哈珀小姐胆怯地问，手里紧握着她的皮夹，"我完全不确定，你知道，我是不是应该——"

"今晚这里人不多。"司机一边说一边把卡车开上车道，然后停在了停车场。哈珀小姐沮丧地发现，这停车场原本是个花园。"可能是因为下雨了。"

透过车窗，望着窗外的雨，哈珀小姐忽然有了一种温暖的似曾相识的感觉，也有宾至如归的感受。"是因为这房子，"她想，"一定是，这房子让人感到亲切。"显然，这房子曾经是一座古老的大宅，建造得坚固而漂亮，具有旧时一座好房子所具有的平衡感和风格。"为什么？"哈珀小姐问，想知道为什么要在这么体面的房子的侧门上钉一盏灯，挂一块歪歪扭扭的牌子，又在上面写上"啤酒吧和烧烤"。"为什么？"哈珀小姐问。但是司机却说："这就是你要去的地方。"然后他又对另一个年轻人说："把她的手提箱拿来。"

"就是这里吗？"哈珀小姐一边为这幢漂亮的老房子感到不平一边问道，"要我去这间酒馆？"她心想："奇怪，我以前就住在这样的房子里，他们把我们的老房子怎么了？"

司机笑了，说："这里很安全。"

哈珀小姐提着手提箱，拿着钱包，跟在两个年轻人的后面，走到亮着灯的门口，从扭曲的招牌下走过。真丢人！她心想，他们甚至懒得打理这个房子——它需要重新油漆、加固结构，也许还需要一个新的屋顶。这时只听司机说："来吧，来吧。"随即推开了沉重的门。

"我以前就住在这样的房子里。"哈珀小姐说。两个年轻人听后都笑了。

"我相信。"其中一个说。哈珀小姐在门口停下，仔细打量着房子，意识到她刚才的话一定让人觉得奇怪。这房子里从前的确有舒适的房间。那些方正的房间都有高高的天花板，有高大的门和抛光的地板。然而现在眼前是一个大却脏乱的房间，一个柜台靠边摆放着，中间有六张破旧的桌子，角落里有一个自动点唱机，地板上铺着破旧的油毡。"哦，不。"哈珀小姐说。房间里有股难闻的气味，雨水拍打着光秃秃的窗户。

房间里有十来个年轻人，有的围桌而坐，有的站在点唱机旁。这些年轻人正谈笑着，不可思议的是，他们与把哈珀小姐带来的那两个人面貌相似。哈珀小姐靠在门边，有一阵她以为他们是在嘲笑她。她浑身湿透，心灰意冷，认为这些吵闹的人于这所老房子十分不合时宜。这时，司机转身向她做了个手势，说："大家来见见这位老太太。"然后又对着房间里的所有人说："瞧，我们带来了客人。"

"请……"哈珀小姐说，但没有人看她。于是她拿着手提箱和钱包跟着两个年轻人走到柜台边，手提箱撞到了她的腿，她想："我一定不能摔倒。"

“贝尔，贝尔，”司机说，“来看看我们找到的这只‘流浪猫’。”

在柜台尽头的座位上，一个身材魁梧的女人转过身来，望着哈珀小姐。她上下打量，打量着她的行李箱、湿帽子、湿鞋子，以及她的钱包和夹在手里的手套。那女人的眼睛似乎没怎么动，却已经不费吹灰之力就把哈珀小姐看了个清楚透彻。“老天爷，”女人终于说，她的声音出人意料地温柔，“老天爷。”

“她浑身湿透了。”另一个年轻人说。两个年轻人站在哈珀小姐的两边，把她介绍给那个大个子女人，那个魁梧的女人上下打量着她。“拜托……”哈珀小姐一边说一边想：这里至少有一个女人，一个可能会理解和同情我的人。“拜托您，他们让我下错了车站，我似乎迷路了。谢谢。”

“你可说呢，”女人笑了，笑得很温和，“她确实淋湿了。”

“拜托您。”哈珀小姐说。

“你会照顾她吧？”司机问。他转过身，对哈珀小姐笑了笑，显然在等着什么。哈珀小姐记起来了，赶紧在她的皮夹里摸索着找她的钱包。她不想开口问价钱，只在心里想：要付多少钱呢？其实车程很短，但如果他们不来的话，我可能会得肺炎，一样要付医生医药费，我已经感冒了。她思路很清晰，从钱包里掏出两张 5 美元的钞票，心想：每人 5 美元他们应该很满意了。然后她打了个喷嚏。两个年轻人和那个大个子女人都很感兴趣地看着她，他们都看到哈珀小姐掏出两张 5 美元的钞票后，钱包里只剩下一张 1 美元和两张 10 美元的钞票。钞票没有湿。我该感到庆幸，哈珀小姐一边想，一边慢慢地走过去，递给每个年轻人一张 5 美元的钞票。她感觉他们两个越过她的头顶互相看了一眼。

“谢了。”司机说。哈珀小姐想：我本来可以用1美元打发他们的。“谢了。”司机又说了一遍。另一个年轻人也说：“谢了。”

“该谢谢你们才是。”哈珀小姐很正式地说。

“我可以让你在这里过夜，”那女人说，“你可以睡在这里，明天再走。”她再次上下打量哈珀小姐，说：“先擦干一下。”

“还有别的地方吗？”哈珀小姐怕这会显得不礼貌，解释说，“我是说，今晚能走吗？我不想添麻烦。”

“我们有房间出租。”那女人反身走向柜台说，“10块钱一晚。”

她这是想给我留点儿回家的车费，哈珀小姐想，我应该心存感激。于是，她又掏出钱包，说：“那么我想我最好是住一晚。我是说，谢谢您。”

那女人接了钞票，再次转身回到了柜台。她说：“房间都在楼上，你自己挑吧，都没住人。”她斜眼看看哈珀小姐，继续说：“明早我会给你准备咖啡。我不会连咖啡都不让喝就请人上路的。”

“谢谢您。”哈珀小姐知道楼梯在哪儿，于是转过身，拿着手提箱和钱包，走到曾经是前厅的地方，楼梯就在那儿。楼梯的比例是那样完美，她不禁屏住了呼吸。转过身来，哈珀小姐看见那个大个子女人还在盯着她看，于是说：“我以前就住在这样的房子里，我猜大概和这所是同一时期建造的。那也是一所老式的好房子，修得很坚固耐用，人们在里面……”

“你可说呢。”那女人嘟囔着，然后转身回了柜台。

大房间里的年轻人们三三两两地在说话。一个角落里，一群人围着带哈珀小姐来的那两个人，他们不时发出笑声。哈珀小姐看着他们，看到他们在这个曾经那么漂亮、如今如此丑陋的大房间里谈笑自如，她突然有点儿伤感。她想，如果和这些年轻人说说话，甚至成为他们的朋友，和他们谈笑风生，会是一件很好的事。也许他们会想知道，他们现在聚会的地方曾经是一位淑女的客厅。哈珀小姐有些犹豫，不知是否应该再说一次“晚安”“谢谢”，甚至“上帝保佑你们所有人”。然而，因为并没有人看向她，她只好就这样上楼去了。途中经过一个带彩色玻璃窗的楼梯平台，哈珀小姐停下来，屏住了呼吸。当她还是个孩子的时候，阳光常常透过她家楼梯上的彩色玻璃窗，把五颜六色的光洒在楼梯上。那是仙境的颜色，哈珀小姐回忆着，心想：为什么我们现在不住这样的房子了？我很孤独。然后她又想：但是我必须脱掉这些湿衣服。我真的要着凉了。

停下思绪，她走上最后一级台阶，然后来到左边的第一个房间。她的房间总是在相同的位置。门开着，她向里望了一眼，这显然是一间拿来出租的卧室，看起来又丑又单调又廉价。门边挂着一根灯绳，哈珀小姐拉亮了灯，站在门口，为剥落的墙纸和下陷的地板而悲伤。她想：他们怎么把这房子糟践成这样？今晚让我怎么睡啊？

终于，她还是走到房间的另一头，把手提箱放在了床上。她对自己说，我得把衣服弄干，得尽量把衣服弄干。床的位置很好，在两扇前窗之间，然而床垫却又硬又凹凸不平。哈珀小姐被床垫上隐约的情侣交欢的气味和床垫里弹簧发出的回响吓得不轻，她想：我才不要想这样的事，我不许自己想这样的事。这里就像我小时候睡过的房间，窗户的布局也不错——两扇在前面，两扇在侧面，门的位置也恰当。人们把这些老房子建成了多么方正的格局啊，他们如此精心地建起这些房子，在全国各地肯定有上千座。然而，壁橱的位置错了，哈珀小姐坐到床上后发现，壁橱很别扭地放在她的右边，而实际上它应该在她的左边。当她还是个小女孩的时候，大壁橱是她的游戏室和藏身之处，但它一直在左边。

浴室的位置也是错的，但那不太重要。哈珀小姐很想在睡前泡个热水澡，但看了一眼浴缸就打消了这个念头，只好等到回家以后了。她洗了洗脸和手，温暖的水让她感到安慰。接着，她还发现手提箱里的古龙水瓶子没有破，东西也没有湿，这使她感到更加宽慰，至少她可以穿着干睡衣睡觉——尽管是在一张冰冷的床上。

她在冰冷的被单上打了一个寒战，想起了儿时的床。她睁着眼睛躺在黑暗中，终于开始思考她在哪里，又是怎么到这儿来的：先是公交车，然后是卡车。现在她躺在黑暗中，不知道自己在哪里，也不知道会遇到什么事情。她只有手提箱和一点儿钱，她不知道自己在哪里。她非常疲倦。也许她早先吃的安眠药药效还没有过，也许安眠药已经影响了她的所有行为，因为她一直顺从地、茫然地让人带到各个地方。她睡意蒙眬地告诉自己，明早我会让他们知道我可以自己做决定。

楼下自动点唱机的喧闹声和青少年的笑声渐渐变轻，变得遥远。哈珀小姐想：那是我母亲正在客厅里唱歌。大家都坐在坚硬的小椅子上听着，我父亲正在弹钢琴。她想不起来是哪首歌，但这是一首她听母亲唱过许多遍的歌。我可以悄悄爬出去，到楼梯边去听，然后哈珀小姐感觉壁橱里有沙沙的声音，但是壁橱的位置不对，壁橱在右边而不在左边。这声音不是沙沙声，而是嘎吱嘎吱的声音。我想听妈妈唱歌，这声音好像是什么木头在晃动。我是不是该起床让它安静下来，好让我能听到歌声？我是不是太暖和太舒服了？我是不是太困了？

壁橱的位置不对，但嘎吱嘎吱的声音还在继续，声音不大却让人恼火。最后，哈珀小姐意识到，除非让这声音停下来，否则她永远也睡不好觉。于是她把两条腿摆到床边，睡意蒙眬地赤着脚走到壁橱门前，提醒自己往右走，而不是往左走。

“你在里面干什么？”她大声问道，打开了门。光线刚好够她看清那是一条木头蛇，举着头，摆动着身体，在一堆玩具间发出嘎吱嘎吱的声音。哈珀小姐笑了。“这是我的蛇，”她大声说，“这是我以前的蛇，它活过来了。”在壁橱的最里面，她还看到她以前的玩具小丑，机灵而快活。她着了迷似的看着它，玩具小丑懒洋洋地摇晃着身子，也活过来了。在哈珀小姐的脚下，那条蛇漫无目的地游动着，撞到了一个玩偶屋，屋里的小人被撞得七零八落，接着它又撞到一堆砖块，砖块掉了下来，摔碎了。然后，哈珀小姐看见那只漂亮的大洋娃娃坐在一张小椅子上，那洋娃娃有长长的金色鬈发、一双睫毛长长的蓝眼睛和一件平整的欧根纱礼服裙。哈珀小姐高兴地伸出双手，娃娃睁开眼睛站了起来。

“罗莎贝尔，”哈珀小姐喊道，“罗莎贝尔，是我呀。”

洋娃娃转过身来，睁大眼睛看着她，脸上洋溢着微笑。红唇微张，那美丽的嘴里发出嘎嘎的声音，音调平平，洋娃娃用这声音愤怒地说："走开，走开，老太太，走开。"

哈珀小姐退后一步，目不转睛地看着橱柜里。只见小丑跌跌撞撞地跳着舞，冲着哈珀小姐大嚷；蛇用它那没有眼睛的头狠狠地撞向她的脚踝；洋娃娃转过身来，抓着自己的裙子，它的嘴一开一合，冲着哈珀小姐嚷："走开，走开，老太太，走开。"

壁橱里闹成一团。一个小洋娃娃疯狂地从一边跑到另一边，动物们庄严地沿着挪亚方舟的跳板游行，一只毛绒熊呼呼喘着气。喧闹声越来越高，最后哈珀小姐意识到它们都恨恨地看着她，朝她走过来。洋娃娃一边喊着"老太太，老太太"，一边向她走来。哈珀小姐砰的一声关上壁橱的门，靠在门上。在她身后，蛇撞到了门上，洋娃娃一直喊个不停。哈珀小姐大叫一声，想要转身逃走，但壁橱放反了方向，她也转错了方向，自己竟蜷缩到了屋子的一角，而房门遥不可及。这时，壁橱的门慢慢地打开了，洋娃娃脸上挂着微笑来追她。

哈珀小姐逃了出来。她头也不回地纵身穿过房间，跑出房门，跑到门厅，沿着宽阔可爱的楼梯一直往下跑。"妈妈，"她尖叫道，"妈妈，妈妈。"

她尖叫着跑出了门。"妈妈。"她喊道，然后跌倒了，直掉进无边的黑暗中，她翻过身，试图抓住一个实实在在的东西，大哭了起来。

"听着，女士，"公交车司机说，"我可不是你的闹钟。醒醒，下车。"

“你会后悔的。”哈珀小姐清清楚楚地说道。

“醒醒，”他说，“醒醒，下车。”

“我要投诉你。”哈珀小姐一边说，一边清点着自己的钱包、手套、帽子、手提箱。

“我一定会投诉你的。”她说，几乎要哭出来。

“你到站了。”司机说。

公交车颠簸着又发动了，哈珀小姐差点儿在大雨中跌了一跤。手提箱放在她的脚边，路牌上写着“里基特码头”。

图书在版编目（CIP）数据

她只说“是的”/（美）雪莉·杰克逊著；李文婕译. -- 北京：中信出版社，2022.3（2024.1 重印）
（企鹅·轻经典）
ISBN 978-7-5217-4017-2

Ⅰ. ①她… Ⅱ. ①雪… ②李… Ⅲ. ①中篇小说－小说集－美国－现代 ②短篇小说－小说集－美国－现代 Ⅳ. ① I712.45

中国版本图书馆 CIP 数据核字（2022）第 041690 号

企鹅·轻经典
她只说“是的”

著　　者：[美] 雪莉·杰克逊
译　　者：李文婕
出版发行：中信出版集团股份有限公司
（北京市朝阳区东三环北路 27 号嘉铭中心　邮编　100020）
承 印 者：嘉业印刷（天津）有限公司

开　　本：787mm × 1092mm　1/32　　印　　张：7.75　　字　　数：165 千字
版　　次：2022 年 3 月第 1 版　　印　　次：2024 年 1 月第 7 次印刷
书　　号：ISBN 978-7-5217-4017-2
定　　价：49.00 元